FEU

DE LA MÊME AUTEURE :

Avancer, Gallimard, 2012.
Rome en un jour, Gallimard, 2013.
Champion, Gallimard, 2015.
Toutes les femmes sauf une, Pauvert, 2018.
Les Impatients, Gallimard, 2019.

Maria Pourchet

Feu

roman

Fayard

Couverture : Hokus Pokus

ISBN : 978-2-213-72078-4

Tu t'étonnes de ces mains de fille nouées par erreur au corps d'un homme. Doigts frêles, attaches poncées, phalanges adoucies, et sous la peau trop fine pour en masquer la couleur, les veines sont enflées. La droite s'agitant au-dessus des olives et du pain, tu vois remuer un muscle vulnérable, d'enfant, qui bientôt tremble quand il soulève la carafe. Tout ceci est très fragile et pourrait se briser dans un geste un peu vif. Tu penses qu'il serait incapable de t'étrangler. Tu notes les ongles limés court, l'annulaire sans alliance ni trace de, les extrémités blanches, exsangues, et presque mauves. Chez lui le retour du sang au cœur se fait mal et par à-coups. Entre la malléole et le drap sombre du costume, tranchent deux centimètres de coton épais, immaculé. Tu supposes une chemise étroite lavée une fois, portée deux. Maximum.

Tu voudrais soudain voir le reste sous la laine froide.

Alors regarde ailleurs, s'affole ta mère dans la tombe, depuis les femmes correctes et aliénées.

Tu devines une chair présente mais terminée, attendrie par autre chose que l'amour, mais quoi. Les coups, le confort ou l'alcool, ça dépend des mœurs. Ton regard parvient à se hisser plus haut, allant de sa main à son coude, puis de son col à ses lèvres. De la tristesse tatouée à la verticale sur sa bouche, tu cherches malgré toi l'origine. Une fille, un mort ou la fatigue d'être soi, ça dépend des vies. Pour la peau brunie des tempes et des arêtes, tu l'imagines courir comme tout le monde sur les rives de Seine. Pour le crâne rasé à fleur d'os, tu cherches encore.

Demande-lui, suggère la mère de ta mère du paradis des femmes de somme, franches du collier.

Demander qui, quelle douleur, quel impact vous ont fait cette viande émue, cette gueule comme le reflet brisé d'un visage antérieur, ces mains pessimistes, c'est délicat. Tu ne le connais pas. Tu es censée rencontrer en lui un intervenant pour un colloque d'histoire contemporaine, pas un paysage, tu dois obtenir sa participation. Pas son histoire.

Sa voix qui semble apprise quelque part où l'on apprend à attaquer les consonnes, à conquérir des publics en salle, n'a rien à voir avec le reste. Il répète une phrase que tu n'écoutais pas, il va penser qu'il t'ennuie alors qu'il t'embarque. Il demande pourquoi lui. Pourquoi un banquier pour intervenir lors d'un sommet de sciences humaines, pourquoi parmi les chercheurs, les linguistes et les auteurs, inviter l'engeance qu'il sait représenter.

Tu dis pour le contraste. Il dit qu'il est ton homme. Personne mieux que lui n'excelle à n'être pas à sa place.

Puis il se tait, semble une seconde ailleurs, son visage en amande s'offrant sans vigilance à l'attention. À nouveau, tu peux voir remonter du fond quelque chose de faible et d'abîmé, comme un morceau d'épave. Tu voudrais savoir quel bateau. Tu le trouves beau alors qu'en arrivant, il était vide, les traits modestes.

Ferme la bouche et travaille, s'énerve ta mère depuis la fosse aux impayées, aux femmes utiles et rigoureuses.

Tu chausses ta paire de lunettes sans correction, pur accessoire à verres blancs utile à masquer, selon les circonstances, tes cernes ou le songe qui te traverse. Tu dis merci. Merci à la chaîne de recommandations dont la source s'est perdue mais qui t'a menée jusqu'à lui, après différentes bouteilles à la mer, messageries saturées ou refus catégoriques. Curieusement une prestation gratuite au cours d'un colloque non médiatisé dans une université sans prestige n'excite plus grand monde.

Ironise c'est mieux, valide maman sous son granit, au moins on sait pourquoi on t'a payé des études.

Et puis tu lui sais gré de cette heure à midi dès lors que vous pouviez administrer ce rendez-vous préalable par téléphone.

Le garçon de salle demande si vous avez choisi et toujours pas.

Ton commensal remercie lui le hasard et personne d'autre. Quant à téléphoner, le moins possible. Depuis que voir les gens entraîne quantité de risques sanitaires, il en abuse, multipliant ainsi ses chances que lui arrive enfin quelque chose. Il le dit comme ça. Tu penses aujourd'hui le risque c'est moi et comme ça t'irrite, que ça t'intéresse, tu t'empresses d'être chiante, de détailler l'enjeu de ces rencontres disciplinaires, deux jours à Cerisy en décembre pour qualifier l'époque, la nôtre, celle qu'on n'appelle pas encore ou qu'on appelle la crise, mais tu n'as pas le temps de finir que déjà il balance, l'époque est un scandale.

Des enfants dit-il naissent à l'instant avec 40 000 euros de dette par tête puisque leurs grands-parents ont financé leurs vies de merde à crédit. Un pavillon, une Peugeot, deux, un téléviseur par chambre, les porte-avions, l'armée française en Afghanistan et désormais le pompon, la vie éternelle. Le scandale c'est la facture, l'époque est une facture mais peu importe le nom qu'on lui donne, nos enfants ne voudront pas rembourser, ils débrancheront pour en finir les respirateurs dans les hôpitaux. Alors il n'y aura plus d'époque mais la guerre, voulez-vous que l'on commande un truc à boire, un apéritif.

Tu demandes s'il en a, des enfants.

Il répond un chien, un seul.

Arrête ça, Laure, se fatigue ta mère qui sous la terre voit tout, contempler ce con comme s'il s'agissait de le peindre et regarde les choses comme elles sont.

Dans un restaurant crâneur, conçu comme une serre, progressent des clématites vers un plafond vitré. Un homme blanc dans un costume *a priori* Lanvin te raconte le désastre en mangeant, s'écoutant prédire la violence des combats qui l'épargneront. Tu portes du bleu marine car il s'agit cette année du nouveau noir, il en porte lui depuis toujours. Voilà t'es contente.

Le serveur demande si vous avez choisi et cette fois il insiste.

Tu cherches le menu, il est devant toi. Un grand miroir piqué où sont tracés au feutre, les entrées, les plats et les fromages. Reflétés entre la sole à 38 euros et les champignons crus, tu surprends ton brushing d'avant-hier, ta main laissée en coquille sur ton oreille, tes pupilles légèrement dilatées, ton sourire de Joconde dont l'étude te surprend. Il commande la sole, toi le tartare.

En mastiquant du pain, tu parviens à mater ton rictus incorrect. Tu remarques à voix haute la ridicule brièveté de la carte, la nullité des portions sur les tables. Évidemment dès lors que l'abondance est un rêve de pauvres, qu'avoir le choix n'est profitable qu'à ceux qui n'ont pas de goût. En attendant, 20 grammes de poisson décongelé à 40 euros, si l'époque est un scandale, en effet c'est ici. Tu parles exprès la bouche pleine, depuis les acharnés, ceux qui comptent vraiment et pas en dollars. Qu'on en finisse.

Il recule sa chaise, machinal, densifiant l'écart que tu suggères entre vous, ça t'apprendra. Il reprend, parle comme toi tu manges, sans respirer. Ce matin dit-il les marchés ont parié à la baisse sur toutes les valeurs, un signal connu pour précéder le pire. À quelle échéance et sous quelle forme, on l'ignore évidemment, on attend, d'où cet intenable suspense qui fait de toutes les époques un délai. Il pourrait tout aussi bien déclarer le contraire, ce serait tout aussi vrai, et tout aussi vain. Car il n'y a plus d'époque, mais des versions, des récits. Et de conclure qu'il est prêt pour ton machin universitaire. Le scandale, la facture, le délai, les versions, quatre parties c'est bien, Laure qu'en pensez-vous.

Tu penses poncifs, slogans. Tu penses qu'entre un restaurant et un colloque il existe cet écart qu'on appelle la réflexion, mais tu dis formidable. Tu voudrais à ton tour faire rebondir sur la table des formules géniales et bâclées mais rien ne se forme dans ton esprit, qu'un dessin. Si tu devais peindre cet homme ce serait à l'huile sur bois, à la manière des florentins quand on voit sur les visages martyrs se livrer en dedans le combat de l'ange et de la chair. Ce serait comme ça.

N'importe quoi, s'impatiente ta mère fantôme. Comme si tu savais tenir un pinceau, faire quelque chose de tes dix doigts.

La porte du restaurant s'ouvre, vous rafraîchit et se referme, à mesure que sortent par deux ou trois les cadres du tertiaire ayant laissé des notes de frais à 60 euros par couvert. Vous avez terminé. Tu ne sais pas quel goût avait ton plat, tu n'as pas fait attention. Soudain il rapproche sa chaise, repousse son assiette, éloigne l'une de l'autre ses mains obsédantes et toi tu comprends. Dans l'inculte langage du corps, il vient vers toi.

Ça ou une crampe, soupire ta mère bien profond.

Tu commandes un café, lui aussi. Il pose ses coudes sur la table, ses mains mourantes se rejoignent pour s'attacher l'une à l'autre. Tu voudrais les prendre mais tu sais d'expérience qu'en saisissant les oiseaux souvent on les tue.

Mais fous-moi le camp, s'époumone maman de sous la dalle, depuis les femmes éteintes mais renseignées.

Tu rassembles d'un coup tes effets. Un crayon, tes lunettes de frimeuse, ton téléphone, lequel indique huit appels en absence en provenance du lycée de ta fille, rien de très étonnant. Tu te lèves, déployant vers le plafond de verre ton mètre soixante-treize qui paraît le surprendre. Arrivé en retard, il ne t'a vue qu'assise. Tu dis je dois partir, tu attends une seconde qu'il se lève, selon l'usage, à ta suite. Il ne bouge pas.

Le goujat, regrette la mère de ta mère au paradis des premières fans du prince Philip.

Il te regarde sans rien dire, comme étonné. S'ouvre alors un silence où tu pourrais entrer et rester tout l'après-midi à boire du café, poser des questions indécentes, apprendre la peinture sur bois.

Alors tu rappelles comme tes troupes autour de toi, ton diplôme et ta chaire avec un *e* de maîtresse de conférences. Tu dis pardon, j'ai vraiment du travail.

Pourquoi vraiment, pourquoi pardon, relève ta mère de la terre plein les dents. T'as du travail, point.

Le secrétariat du laboratoire le contactera, tu es désolée, dans une heure tu dois disparaître, il dit quoi ? Tu dis lapsus. Dispenser, pas disparaître. Dispenser un cours à l'université, un cours chaque année plus documenté. Histoire de la peur en Europe.

– Et vous ? dit-il.

– Moi quoi ?

Et toi est-ce que tu as peur, tu sais bien.

En quittant la table, tu fais tomber ta veste, on ne comprend pas ce que tu dis quand tu prononces merci, tu es d'une littérale fragilité qu'il pourra imputer à ce qu'il veut, tu t'en vas et bientôt sous la ville, le RER B t'emporte.

Époque, nom féminin, du grec *epokhê*, arrêt.

2 juin, 14:30, TC 37,5°, FR 15/min, FC 80/min, TA 15

La Défense, dis-je en m'engouffrant dans le G7, tour Nord, côté Puteaux et vite tant que c'est encore debout, prenez par la D9, on m'attend. Puis j'interpelle maladivement mon téléphone, comment ça va Carrie ? et aussitôt s'illumine l'application Care, dans ces apaisants tons rose pâle mais pas cochon, plutôt infirmière en pédiatrie. Pour qu'elle affiche les constantes, on lui dit comment ça va aujourd'hui Carrie et hop. Oui c'est un peu dégradant, mais bon, on en fait d'autres. Température du corps 37,5, évidemment on étouffait dans cette orangerie, tension artérielle à 15, pas étonnant non plus, je suis vidé. J'ai parlé pour quinze jours. Fréquence cardiaque à 80. C'est tout ? C'est marrant. J'aurais juré qu'elle m'avait fait monter facile à 90 avec ses lèvres sans rien dessus, à dévorer du steak comme sur la bête. Ou c'est l'appli qui déconne. C'est possible, c'est chinois. 14 h 45. Elle m'a oublié depuis au moins vingt minutes. J'ai tout fait pour ne pas être marquant, c'est mon genre, plus délébile tu meurs. Au début elle s'intéressait surtout à la décoration, à la fin elle bâillait, cramée d'ennui, entre les deux elle regardait la porte avec des yeux de taularde, et ma carte de visite, elle l'a prise sans regarder pour brosser la nappe. Une carte comme ça, biseautée, de 120 grammes qui commence par Head of, recyclée en ramasse-miettes. L'époque est un crachat.

– On est arrivés, d'après le chauffeur alors qu'un SMS de CEO m'apprend en anglais qu'on n'attend plus que moi.

Esplanade, polygones, tourniquet, ascenseur gavé au démarrage, personnel cerné mais souriant, odeurs de bouffe maison réchauffée, descendant entre le deuxième et le cinquième étage (Sécurité et entretien), personnel mal habillé et désagréable, odeurs de bouffe à emporter, ventilé du dixième au vingtième (Recherche et développement). Enfin moi-même, personnel sportif à forte responsabilité non opérationnelle, m'élevant tout seul vers le trente-cinquième étage et ressentant toujours le petit quelque chose dans le bas-ventre, rien à faire. L'ivresse des cimes en verre. La délicate envie de gerber du simplet qui prend encore, après dix ans de boîte, la pulsion d'un moteur à traction installé au sous-sol pour son propre élan.

Une impression étrange, pas désagréable que je parviens en général à traîner jusque dans l'Espace accueil. Et après ça s'arrête. J'ai à nouveau envie de chialer en atterrissant sur la moquette rouge à rayures marron. Mais j'avance. Je ne touche plus terre. Entre moi et la terre s'étagent trente-quatre niveaux, douze parkings, vingt mètres de gaines de climatisation, sans compter le métro. Je m'avale au ralenti quinze mètres de couloir revêtu d'angora polyamide à 1 000 balles le mètre, sur dalle de ciment à 20 000 le mètre. Non 25, après le trentième étage, c'est plus cher. Plus c'est chiffré, plus c'est rassurant. Encore dix mètres, je ralentis, pour arriver quasi paralysé dans l'Espace comité où persiste la moquette rouge tel du chiendent, d'où surgit la voix de son maître :

– C'est enfin Clément, prononce Oliver, le CEO et je percevrais si j'étais lucide une pointe d'agacement. Il me rafraîchit jusqu'à l'os de son regard bleu glacier, délicatement chiné de vaisseaux éclatés. En voilà une teinte qui conviendrait davantage à la moquette.

Tout le monde fait normalement la gueule car c'est l'endroit pour. Une réunion Special Situation (SS) à la mi-journée au quasi dernier étage d'une banque d'affaires malmenée en Bourse depuis deux ans. Un sourire y ferait l'effet d'un bermuda. Sont ici rassemblés CEO, CFO, CRO, CDO, des fonctions importantes qui rendent très mal en français. Disons le grand patron, Oliver, Safia la directrice financière et Grette la directrice des risques. Quant à Chief Data Officer, Amin, je ne sais pas vraiment ce qu'il fait et s'il était honnête, il avouerait que lui non plus. Ils sont dans le vif du sujet depuis un moment et je devrais bien sûr savoir lequel. Il y avait sûrement un mail à ouvrir tandis que je tentais de deviner la forme des seins de la prof, sous son chemisier APC.

– T'en penses quoi Clément de ce merdier ?

Si je demande lequel je passerai pour ce que je suis, un poids mort incapable des bonds qu'exigera l'agilité-dans-la-transition-économique-post-covid. J'opte pour une moue situant mon jugement entre la lassitude de qui avait vu arriver le boulet et l'expectative de celui qui n'est pas sûr de se le prendre. Encore gagné. Safia est d'accord avec moi, estimant qu'en l'absence du patron des activités de marchés, on ne peut conclure à rien. Ce disant, elle caresse, abandonnée sur son épaule, une queue-de-cheval longue, noire, luisante et nette comme un jet de pétrole qui devrait me donner des idées. Mais je pense encore à la chercheuse. Son appétit sous la serre.

– Tu lui as parlé toi, à ce trou-du-cul ? m'adresse Oliver, sûrement à propos du responsable de la présente tragédie.

Je réponds non car j'ai une chance sur deux.

– Tant mieux. Je vais me le faire.

Bingo.

Dans la cour intérieure d'un lycée public, une cinquantaine de jeunes filles en ordre de bataille observent un calme étonnant. Sur les murs entourant ce qu'il convient d'appeler l'atrium, se répètent en peinture des slogans dont diminue le pacifisme et gonfle la police de caractères, au gré des messages. Aérez les vestiaires. Ça sent la grotte. Faites de la place ou on fait le vide.

Te voici assise devant Fabienne Mertens, ronde et brune directrice d'établissement, prête à t'expliquer ce mouvement de troupes fatalement dirigé par ton pétard de fille. Vous regardez ensemble la masse silencieuse de jean et de jersey posée à tes côtés, ta fille donc, coquille fermée, vide d'excuses et pleine de poudre. Une longue mèche noire excédant de la capuche, témoigne à l'intérieur de la présence effective de la bête. Véra, dix-sept ans. Blafarde représentante d'une génération maigre et fâchée que la classe moyenne, pas vraiment préparée à ça, peine encore à appeler ses enfants.

Tu abats sa capuche pour montrer à Mertens que tu ne lâches rien. Véra s'en recoiffe aussitôt car elle non plus. Mertens, elle, apprécierait d'en venir au fait du jour, si l'on en a terminé avec ce sweat. Merci.

C'est ce matin vers 11 heures, avec le cours de lettres de Mme Dreux comme premier théâtre des opérations, qu'avait commencé un petit jeu politique et néanmoins idiot. À chaque mention d'une référence masculine, tel nom de romancier, de dramaturge et autre poète, une fille quittait la classe sans un mot. Le cours portait sur les Parnassiens, précise Mertens, consultant quelques notes. Au même moment, le cours de sciences économiques autrement plus généraliste de M. Halimi était décimé de la même façon à chaque Keynes, chaque Marx, chaque Stieglitz prononcé par l'innocent pédagogue. En philosophie, enseignement particulièrement riche en notices biographiques, le vide fut fait à une élève près, entre Nietzsche et Schopenhauer, avant qu'on pense à évoquer Hannah Arendt, retenant ainsi sur les bancs l'ultime adolescente. L'heure de l'option histoire de l'art n'avait pas atteint le mitan, l'histoire tout court n'en parlons pas. Les premières étaient en 1914, tentant de comprendre comment Jaurès et l'archiduc d'Autriche déclenchaient la guerre mondiale en mourant coup sur coup ; les secondes étaient juste après la Révolution, en 1793, avec les Onze et la Terreur. Là encore, les femmes n'étaient pas vraiment dans le manuel, tout juste pouvait-on, en cherchant bien, mentionner la folle qui avait buté Jean-Paul Marat. On ne l'avait pas fait. En quarante-cinq minutes, le bâtiment s'était vidé aux deux tiers de son contingent féminin, toutes sections confondues. Seules avaient pu se poursuivre, pour des raisons évidentes, quelques tièdes classes de sciences et vies, de gymnastique.

Massées depuis dans l'atrium, les filles ne voulaient plus bouger. Elles attendaient des engagements de la part d'une direction pédagogique elle-même sidérée. On tenait encore les journalistes au portail, cependant Tweeter faisait son incendiaire travail d'écho. Si d'autres jeunes filles de cet âge pavlovien, dans d'autres établissements, étaient prises de mimétisme, bonjour le foutoir national et adieu les subventions. Alors, madame ?

Madame, c'est toi.

Alors rien. Tu penses à cet homme par son prénom. Tu voudrais lui dire Clément, l'époque est une surprise. Et tu t'imposes d'arrêter avec cette histoire d'époque – c'est une impasse – de trouver quelque chose à dire pour tenir ton rôle.

2 juin, 15 : 00, TC 36,6°, FR 15/min, FC 80/min, TA 15

Dix minutes plus tard, à part avoir très légèrement glissé au fond du fauteuil Stark en Plexiglas qui paraît-il épargne leurs collants mais nous tue le coccyx, ma position demeure la même. J'observe et j'ignore. Mais tandis qu'Oliver m'interroge sur l'opportunité d'informer l'Autorité des marchés financiers, tandis que je réponds ce qu'il veut entendre, à savoir non, je me rapproche tranquillement du cœur du problème. Encore deux ou trois indices et j'aurai deviné l'exacte nature de la tuile, gagnant une fois encore à ce jeu crétin auquel les quatre autres ignorent participer.

On va penser que je ne m'affole pas beaucoup. En effet, c'est inutile. Bienvenue sur la Banquise un monde très propre où il ne se passe jamais rien de vraiment salissant. Aussi les pingouins sont-ils surentraînés à imaginer le pire, sans quoi ils se feraient vraiment chier et pourraient prendre des initiatives personnelles, telles que liquider des positions boursières au pif, tenter des trucs. La principale fiction d'épouvante en cours ici tourne autour de l'effondrement boursier. Rien d'exceptionnel, se raconter l'histoire faute d'y assister reste le mode de survie le plus répandu en milieu désertique. Je me raconte que la prof du déjeuner ne baise plus son mari, mon chien se raconte que je suis un dieu, la France qu'elle est gouvernée par un mec, la Banquise se raconte qu'elle va couler, je raconte au *Financial Times* qu'on tient la barre. En vérité, la chercheuse n'a pas besoin de moi, sinon pour décorer l'hiver prochain dans un amphi en banlieue et la Banquise absorbera encore pas mal de chocs avant de sentir un vague remous. La tragédie, la vraie, n'est jamais qu'un récit. Personne ne s'est suicidé en 29 et Merrill Lynch était déjà là, sauf qu'elle s'appelait autrement. Si vraiment on a vu des types passer devant les vitres pour s'éclater sur Cedar Street c'est qu'ils avaient un cancer ou un problème de gonzesse, en plus d'un paquet de titres pourris. Et encore. Le vol plané, c'est joli à imaginer mais peu crédible. Ils auraient fait ça au gaz ou au revolver, c'était plus la tendance. En 2008 *idem*, fiction. Lehman Bro est toujours debout et les quelques coiffeuses surendettées d'Atlanta qui se sont retrouvées à la rue, petit drame personnel qui ne fait même pas un début de statistique.

– Clément ?

Je suis là. Enfin, si on veut.

– Comment on a pu faire plus dégueulasse que la Générale ? ne s'en remet pas Oliver. Et je ne veux pas entendre parler de marché adverse et toutes ces conneries !

Voilà, il suffisait d'attendre. J'ai désormais tous les éléments pour comprendre de quoi on parle, je vais pouvoir participer. Nous avons des résultats dégueulasses sur une activité boursière censément rentable. Rien de neuf. Mais des résultats pires que la Banque Générale, un étalon en matière de dégueulasse, si. Manquerait plus que ça se sache.

– Aucun Profit Warning avant d'avoir tous les éléments, nous sommes d'accord ? entend me faire valider Safia dans un sourire angoissant.

Ses dents trop blanches contrastent avec ses cheveux trop noirs. Si j'étais Chanel, ça m'aurait sûrement donné l'idée d'un chemisier mais trop tard. Trop tard pour tout, putain.

– Évidemment, dis-je.

C'est là que se justifie ma rémunération dont le montant n'aurait aucun sens pour la plupart des gens, à part trouver un vaccin universel ou négocier la paix au Proche-Orient: je dois retenir. L'information, la rumeur, le moindre stagiaire qui voudrait essayer le 06 d'une journaliste des *Échos*, le moindre partenaire qui voudrait partager un ressenti personnel un tant soit peu négatif. Tant que la Terre entière ignore le problème, il n'y en a pas, quand bien même le problème aurait la taille d'une nation, telle est l'idée générale aux fondements de ma mission. Si le monde a oublié l'existence du septième continent, celui des déchets, ou sans aller chercher si loin, bêtement la Syrie, c'est grâce à tous ces gens comme moi. Je ne m'en vante pas, j'ai reçu une classique formation d'élite, sans tralala. Retenir est un don, je n'ai rien fait pour. Enfant déjà, quand personne ne soupçonnait dans le petit gros de sept ans le futur n° 24 au Marathon de Paris (deux heures trente, un score de Kenyan) je m'entraînais déjà. Je me retenais de respirer, de flancher, de pisser, je ravalais ma morve, la douleur, les larmes, l'indignation, des paires de claques sur autrui qui se sont perdues à tout jamais, les mots et bien sûr de chier. Je me retenais comme un taré et aujourd'hui c'est tout naturellement une profession. Je devrais en parler aux jeunes. Certains ont peur de l'avenir parce qu'ils sont bons à rien.

– Clément ?
Oui patron.
– On ne t'entend pas beaucoup.
Encore heureux.

Toujours installée à la place du cancre devant Mertens, tu t'entends à présent reconnaître à voix haute tes torts personnels dans cette séance de chaises musicales. Véra est bien sûr indomptable mais le problème c'est toi, qui n'as rien vu venir. Et de n'être pas assez à la maison, trop peu à l'écoute, trop peu tout court, tu te blâmes à la louche. De son côté, la directrice ne tient pas à faire de barouf.

– Dommage, estime Véra, née pour aggraver son cas.

On reparlera de la liberté de manifester dans le cours prévu pour, se contient encore la directrice, si toutefois Véra demeure inscrite au lycée au-delà du prochain conseil de classe. Pour le moment, Mertens entend qu'elle disperse ses copines avant la sonnerie.

Véra observe aux fenêtres les colonnes adolescentes, patientes, fumeuses et connectées.

– C'est pas mes copines, mais la masse critique. Ça ne se disperse pas, ça s'utilise.

Fabienne Mertens, à bout, oppose que la gendarmerie dans les lieux est la dernière publicité qu'elle souhaite mais pourquoi pas. Véra rédige enfin quelques mots sur son téléphone. En bas, les filles le lisent sur le leur et s'éparpillent dans l'instant. Elle t'impressionne.

Tu aurais voulu être elle et pas toi, toujours quelque part entre la dépendance et la rage.

Mertens attend pour finir que Véra s'excuse à voix haute.

– On en est tous là, dit Véra.

Et c'est encore toi qui dis pardon.

– Personne n'est dupe, mademoiselle. Vous voulez surtout vous faire remarquer.

– Exactement. Faut faire quoi ? Se noyer ?

– Tais-toi, dis-tu alors que, dans ta gorge, enfle en vain le regret de ne jamais l'ouvrir.

– Comme tu veux.

Tu repars fatiguée, emportant ta fille par qui le scandale arrive.

– Tu m'épuises Véra.

– C'est moi qui bouge, c'est toi qui es fatiguée ?

Elle ne comprend pas ta colère pour un jeu, un jet de peinture, au maximum une exclusion temporaire d'un lycée de seconde zone. Devrait-elle comme toi simplement s'accrocher sans bien savoir à quoi ?

Bien sûr que tu le sais, et tu pourrais lui dire. Tu t'accroches à ce que tu gouvernes, qui te rassure et t'éteint. La famille. Si tu lâches, des gens meurent. Tu t'accroches aux meubles et aux répétitions des rites, tu t'accroches à des mots. Chance, maison, vacances. Et plus tu en doutes, plus tu t'accroches, épuisée, adhésive et souriante.

Elle répondrait, chez les marins, on appelle ça les moules.

Mais la sonnerie de reprise des cours retentit, stridente, et tu n'as pas à répondre. Ton époque est ce gong qui t'a toujours sauvée d'agir, la voici la formule que tu cherchais tout à l'heure pour la dire à Clément.

Devant la grille, vous attendez le bus en silence. Elle fume. Tu regardes avec piété ton enfant carencée, vouée peut-être à la fabrication d'une bombe dont tu entendras le souffle si tu survis aux virus recombinés. Tu voudrais lui avouer que la guerre des sexes n'a jamais été la tienne, tu avais d'autres choses à faire. Naître n'importe où, tenir, trouver comment t'arracher, apprendre par cœur des livres entiers jusqu'au dégoût, trouver un homme, le perdre, trouver à bouffer, accoucher, faillir être bouffée, renaître, retrouver, accoucher.

– Quoi ? Tu veux une clope ?

– Pourquoi pas.

Tu as eu cet âge. Tu as pensé comme elle la vie faite de constances et d'obstination. Tu l'as depuis apprise, faite de ce qu'elle est. Compromis, répétitions, oublis ou guérisons. Entre ces deux âges, il te semble avoir dormi.

– Tu vas lui dire ?

– À papa ?

– Oui. À ton mec.

– Non.

2 juin, 20:10, TC 37,2°, FR 12/min, FC 86/min, TA 15

Tourniquet, parking, Radio Classique à fond, *Marche turque*, j'ai tapé comme un sourd sur le volant mais on se détend, c'est pas ma caisse, elle est à la Banquise. Ils ont ma peau en échange. J'ai choisi la plus grosse, le break, la réservée aux dirigeants à marmaille. Pas pour moi, pour le chien, il l'adore, ça me donne une vraie raison d'aller bosser. Nanterre, Courbevoie, Paris, quais, maison, Papa. Il m'attend, il gueule, il bave, il m'aime, il pue et c'est ma faute. Savonner un bouvier bernois, c'est long et la dernière fois j'ai senti sous sa gorge rouler ces nodules inquiétants. Je n'ai pas eu, depuis un mois, le courage de vérifier, j'ai les jetons. Je l'appelle Papa pour faire crever de rage ma très sainte mère qui n'a jamais relevé et parce que Papa, c'est le propriétaire en règle générale. Règle générale qui m'a déjà bien pété les doigts alors un jour j'ai dit stop. Dorénavant

Papa ce sera le clébard. Il faut bien commencer quelque part.

Un verre de flotte, la chemise au panier et c'est reparti pour un kilomètre le long de la Seine, vingt minutes de petit trot à me sentir du mauvais côté de la laisse. Daily Monop, pisser sur un platane, ligne droite jusqu'aux Tuileries, puis tentative de demi-tour dare dare, en prévision de Rebecca War, German porno star, laissée en HD hier accroupie sur sa copine car SFR installe la fibre quand ils veulent dans ma grotte à 6 000 euros par mois. Hors charges. Refus de Papa qui veut pousser jusqu'à Orsay. Allez d'accord. Papa a fait une excellente affaire avec moi parce que pour un chien être l'homme de la situation, c'est inespéré.

Elle m'a écrit. La fille de la serre, la bizarre, la d'hier. J'étais devant l'Institut de France, soit dit pour situer au moins géographiquement l'histoire, vu que ça n'ira nulle part comme le reste. Elle m'a écrit la première, d'habitude elles attendent. Elles attendent longtemps dans la mesure où elles ne savent pas, ce n'est pas criant que je suis quasi mort, elles attendent que ça bouge dans la tranchée d'en face. Et ça ne bouge pas. Silence total où projeter à peu près tout ce qu'on veut. Mépris, PD, bâtard, marié, faux numéro.

Pas elle.

Bonjour Clément, c'est Laure de Paris 13, je regrette d'avoir dû vous quitter si vite, auriez-vous encore un moment. Sans abréviations avec des espaces entre les lignes, l'accent sur le *u* et les participes passés en accord avec la saison des amours. Si je réponds, il se passera quelque chose dont quelqu'un sera la victime. Si je ne réponds pas, il se passera comme d'habitude. Papa, tourniquet, comité de crise, pas de crise, Tinder, tourniquet, gel, parking, Papa, foutre, sommeil de brute, foutre froid, croquettes, France Inter, debout Clément, Reebok, galop, parking, gel, comité, comité ras la gueule jusqu'à ce qu'août s'ensuive avec avion, Hilton, bout du monde, putes, rentrée, hiver court, lumière courte, objectifs courts, évaluation, bonus. Alors un bonjour Clément c'est Laure de Paris 13, c'est peut-être une respiration à la surface. Joie.

Panique.

Dans l'escalier, j'ai répondu d'un coup sec *ok possible demain*, sans ponctuation ni majuscules témoignant que moi, je m'en fous. Demain ça me laisse aucune chance d'être prêt. Absolument pas le temps pour devenir un mec présentable, lire des livres, développer une vision un peu optimiste du monde. Demain je pourrais tout aussi bien être complètement mort, tout dépend de l'attrait du pavé sous mon balcon ce soir. De si Papa tire assez fort sur la laisse au moment où je me penche sur le pont au Change, comme l'hiver dernier où j'ai prétendu rejoindre le royaume des morts, au fond d'une eau à – 7. En vérité j'étais bourré et j'avais profité de la situation pour plonger dans la vase et voir qui en aurait quelque chose à cogner. Réponse ma mère, un peu tard, qui est venue à l'hôpital quand je n'y étais plus et les pompiers, qui eux furent là très vite. Quatre dont une dame puisque la société change mais pas moi, quatre à pêcher mon Lanvin flingué, une pompe en moins. Bilan de l'exercice, 3 000 balles de costume et pour la collectivité, je ne sais pas. Aucune idée de ce que coûte un pompier la nuit.

Demain. J'ai la trouille. C'est trop tôt Laure et surtout trop tard. Respirez Clément. Oui Seigneur.

23 h 10. J'allais m'endormir faute d'idées pour tenir debout, quand une alerte Outlook m'a projeté contre l'écran. Un message de la Banquise à 22 h 10, c'est clairement terrifiant mais en ce

moment c'est juste un coup à prendre. Cinq directions dont la mienne convoquées à 8 heures demain. 8 heures les enculés. C'est-à-dire avant l'ouverture de la Bourse en France, ça pue tellement que même Papa a dû le sentir. Ça me l'a réveillé, il est venu voir. Regarde Papa, l'assistant de planification propose deux choix : accepter l'invitation, ne pas accepter, oui ou non. Attention, le non c'est pour rire. Un refus ne serait compris d'en haut qu'en cas d'attaque chimique précisément dirigée sur ma personne et encore. Mais enfin on a le droit de dire non et de disposer de son peuple vers le chômage, c'est important ces nuances constitutionnelles qui font un grand pays des droits de l'homme, peu à peu de la femme et un jour des animaux. Mais si, patience. Vous avez à présent vos propres terroristes, des jeunes en plus. Je coche librement oui. Mon nom s'affiche en vert. Je suis le premier en vert, tu vois. Les autres n'ont pas encore répondu. Ils ont une vie en plus de leur téléphone. Je vais me coucher, tu peux éteindre.

Nuit noire, rêve de marais et d'oiseaux. Ils ont des pattes trop courtes et s'enfoncent dans la vase mais enfin il s'agit d'oiseaux. Ce qui prouve que mon subconscient n'est pas tout à fait une déchetterie.

3 juin, 19:34, TC 37,2°, FR 17/min, FC 95/min, TA 16

Je suis en retard, j'ai fait exprès. J'arrive dans mon état normal, quelque part entre s'en foutre et en crever. J'ai sorti le nom du premier bar qui me venait et maintenant que je le vois, la question est pourquoi se rappeler ce rade. Elle va penser que c'est mon genre le moche, le rotin, les serveurs qui tapinent. Elle est déjà là, pas plus énervée que ça, disposée à poireauter, ça promet. Elle lit mais pas comme elles lisent, radicalement ailleurs. J'ai l'air de quoi. Fallait y penser ce matin ou repasser se changer, un pied devant l'autre, bonsoir, bonjour pardon je ne sais pas quoi dire comme d'habitude mais là c'est un peu plus emmerdant. C'est une femme et pas un comité. Le silence n'est pas le mystère du raisonnement intérieur mais la suspicion de la niaiserie avec mains moites.

– Vous avez couru ? Vous venez d'où ?

De l'enfance mutilée, l'exil intérieur, toutes ces conneries mais on verra plus tard. Je dis sans m'excuser un comité de crise, on n'aura bientôt plus assez de fonds propres, c'est la merde ordinaire, un Perrier s'il vous plaît. Personnellement mon fixe est à 300 donc ça va, mais le bonus cette année, je m'assois dessus. Sa tête. Je lui en donne pour son fric parce que moi les bouquins, j'ai pas le temps et si elle n'a pas vu marqué gloire au pognon sur mes godasses et mes dents de New York, c'est moi qui souligne. En vérité, j'en donnerais la moitié pour qu'elle se casse se remaquiller aux toilettes, le temps de me remettre le rythme cardiaque, la gueule, la chemise dans le pantalon. Mais non. Elle doit se trouver bien à peine pomponnée en face d'un connard même pas de droite, de nulle part. Je ne sais plus quoi dire. C'est un quoi ça, avec les bulles et la paille.

– Un Perrier mais vous l'avez déjà demandé.

Aucun détail à fixer pour raccrocher les wagons, elle est jolie en général, j'avais pas eu de vue d'ensemble la dernière fois. Le nombre d'enfants qu'ont dû tenter de lui faire le nombre de types bien, c'est un plan incliné cette fille, je vais basculer, alors voilà ce que je vais faire. Je paye et je m'arrache, je me branle en rentrant. Mais pour ça il me faut un détail, un sein, le cou, non pas les yeux bordel, si elle pouvait se couvrir le visage une seconde, on en est où du masque obligatoire à table, faut tout faire ? Ou alors je la touche une fois pour toutes et je disparais dans les archives. Vous avez, tu pardon, Laure, un truc dans les cheveux, un genre de feuille, je peux.

– Non. Respire, Clément.

Oui madame.

Tu devrais être déçue, au moins ricaner, au moins réfléchir. Tu devrais savoir qu'un homme qui se présente par le montant de son salaire annuel c'est un con, par définition un vendu. Émue, humide, tu penses le pauvre, qu'un type qui se présente par son prix sur le marché du travail c'est un esclave. Dans l'Antiquité, les Thraces mutilés vendus leur poids en or ou en sel, se flattaient déjà comme d'une noblesse de leur tarif d'eunuques sur la foire d'Éphèse. Entre ceux-là et Clément, l'invention de la liberté et son échec.

Ben tiens. Ça va être eux les victimes, en pleure de rire la mère de ta mère au paradis des bonniches mariées.

À part cela, rien. Tu ne penses rien de ce tête-à-tête tout à l'heure, sur des sièges en rotin.

Rien de son agitation qui s'opposait à ton calme inédit, rien de ta voix, méconnaissable, pour lui dire merci d'être venu, rien sinon ceci : trop tard. Quelque chose commence au terme de quoi tu seras quelqu'un d'autre.

En attendant il est 23 heures et si la Bourse, elle, ne dort jamais, chez toi tout le monde est couché. Tu ne pourras pas rester toute la nuit assise sur la baignoire. Regarde-toi, en culotte et les yeux bouffés par le néon bleu d'un téléphone, tu ressembles déjà à une erreur. Voici une heure, il t'a écrit : qui es-tu ? Tu as pensé trop facile, dragueur, mais depuis tu cherches à répondre. Tu n'as pas l'habitude de rendre copie blanche, de sauter des questions, et tu voudrais bien avouer quelque chose. Te montrer un peu nue puisqu'il fait nuit, puisqu'il attend. Qui es-tu. Tu n'es pas une intellectuelle. C'est simplement qu'il fallait un trésor, une armure, que l'harmonie périssable de ton visage n'aurait pas suffi, on t'aurait détruite. Tu n'es pas dupe. Tu n'es pas le résultat croisé d'une scolarité brillante et d'une endurance hors norme comme il te l'a dit tout à l'heure. Tu t'es simplement mise à vingt ans, là où le café, les profs et la lumière étaient gratuits. Tu n'es pas fière. Tu fais la différence entre l'opération de la volonté et l'effet de la programmation sociale. Ton diplôme dévalué par la massification de l'éducation supérieure et ton salaire artificiellement gonflé par l'inflation, tu es, c'est mécanique, au même point que tes parents. L'illusion de la croissance en moins. Tu as déployé des efforts inouïs pour rester sur place, tu n'es pas un cygne mais un hamster. Tu n'es pas blonde, tu es à l'origine châtain cendré, donc terne. Tu n'es pas un exemple. La plupart du temps tu n'es pas celle que l'on croit. Tu n'as pas sommeil.

– Laure !

Anton voudrait dormir, c'est normal.

– Je suis dans le bain !

Bientôt il ne t'attendra plus. Encore dix minutes et le sommeil le prendra pour huit heures.

– T'as vu l'heure ? Tu fais chier.

Sous l'ampoule faiblarde de ta salle de bains, tu poursuis l'exercice, cherchant en toi toutes les vérités bonnes à dire et c'est peu. Les vérités c'est ta mère, ce qu'elle est : morte, obsédante et bavarde. C'est ceux que tu aimes avec certitude. Véra, Anna, ton amie Gabrielle, et Anton. C'est la honte d'aimer dans cet ordre et si court. C'est la vérité sur le père d'Anna, Anton. Ce qu'il fut de proche, avant que d'être ça, un homme qui veut dormir quand toi tu veilles. Venu comme un miracle, il avait donné un ordre à ta vie, quand tu tenais toute seule par la main une explosive fillette de six ans, née sans trace. Pas même d'un amour, pas même d'une rencontre. D'un coup de vent. Quand tu sombrais déjà à trente-cinq ans, croulant sous la charge surprise d'un loyer parisien, d'une thèse que tu ne finirais plus. Anton sut à ce point que faire qu'il devint tout. Il devint l'organe même de ta vie, lui imprimant un rythme, des heures, des habitudes. Avant lui, tu dormais entre les cours et travaillais la nuit, Véra mangeait surtout des céréales et toi des œufs, du fromage blanc. Vous preniez vos repas dans des bols sur un panneau de Formica chevillé au mur de la cuisine, pourvu d'une béquille, au moins Véra n'apprenait pas à mettre la table. Tout était flou, risqué, fatigant. Avec Anton, tu connus les vacances prévues par avance selon le calendrier scolaire, tu vis Dinard en avril et enfin le Maroc.

Pourtant vos mains quand vous marchiez ne s'assemblaient pas exactement, vos corps non plus. Ta tête ne trouvait pas sur son épaule, un creux formé pour toi depuis toujours. Mais tu pensais qu'après tout, ces accords prennent du temps. Et tu n'y penses plus.

Tu vis Véra heureuse, prendre, en un an, six centimètres. Tu connus les assurances habitation et les mutuelles à jour, les abonnements à la presse critique. Tu visitas une maison à Ville-d'Avray qui fut bientôt la vôtre, à vingt minutes de la Défense. Dans un quartier dit calme où chacun faisait pousser des séquoias en contrefort des grilles déjà hautes, elle offrait presque tout. Plusieurs chambres, un grand salon vitré qui donnait sur un jardin et l'idée d'un potager, le chauffage au gaz et l'isolation qui fut un argument d'achat, eu égard au bilan énergétique. Tu t'intéressas aux essences des bois dont on fait les parquets, tu appris le prix des lattes au mètre carré. La même année, Anton acquit les murs de son cabinet de médecine généraliste, élevant au maximum votre taux d'endettement. Tu connus alors la rassurante limite de l'impossibilité de faire plus, de faire mieux. Qui dit maison, dit plein air, dit lampions d'avril à octobre et chaises longues chez Leroy-Merlin. Tu fis plus tard l'acquisition d'un hamac, sans jamais trouver deux troncs assez proches pour l'y attacher. Tu lus ton nom sur la liste électorale de ta commune, tu vis à peine passer une grossesse à Ville-d'Avray en vraie robe de maternité et pas comme la première, en jogging. Tu vis Anna, l'enfant tranquille pousser sans rien demander, tu connus les amitiés faciles, le quartier, le vin de Loire davantage que le tabac à rouler, les grasses matinées et les activités propres aux dimanches. Véra installa finalement le hamac dans sa chambre. Tu ne cultivas pas vraiment de potager, tu avais trop souvent mal au dos. Tu connus le repos qui appelle le tumulte. D'abord de manière sourde, puis à cor et à cri.

– Laure !
– Je viens.
– Et éteins le couloir ! Anna sait appuyer sur un bouton.

L'application messagerie indique que Clément est toujours en ligne.

– Laure ! Je me lève tôt putain !

Faute de pouvoir dire en une phrase ce que tu es, tu réponds par ce que tu as, le manque. Et par la seule vérité prouvée, le corps. Tu veux dire ce besoin qui attaque tes muscles et blanchit tes nuits.

À cet homme que tu as vu deux fois, tu écris j'ai envie de vous.

Tu ris toute seule de consumer en une phrase des générations de bienséance, de convenances, de principes, de préceptes, de prudence, de pudeur, de punition, de réserve, de respect, de tact, de vertu. Tu consumes ton ordre alphabétique et pour dire le bien que ça fait, en revanche, tu n'as pas de mot.

Tu éteins les lampes. Tu te déplaces parfaitement jusqu'à la chambre dans la nuit franche, sans te heurter à rien.

Souviens-toi. Tu prenais déjà ta part d'ombre pour la lampe et ton désir pour toi-même.

5 juin, 19:44, TC 36,8°, FR 17/min, FC 95/min, TA 16

Des jours à voir arriver quelque chose qui avance et recule, des mails troussés comme des télégrammes de Trintignant depuis Deauville, du sous-texte sans texte autour, du aimez-vous Truffaut, Laure, le parquet qui grince à l'écran, les cols roulés en juin. Du gel, des après-midi, des unités de temps organisées par Sybille sur Ical, 5 674 mails non lus, constipation, apnée, main tendue, choc des phalanges rétractées, renouveler le partenariat avec le handball féminin, oui ou non, alerter l'Autorité des marchés financiers avant publication des résultats trimestriels de merde. Surtout pas, ça peut passer, tout passe. Changer la moquette rouge ou sortir de la cotation, 5 899 mails non lus dont un de Laure, tardif, pour dire non. Truffaut, pas trop. Elle dit non souvent, Laure, tu vas voir si c'est non. Des communiqués de presse, des incertitudes quant à nos liquidités, du gel, Clément le masque bordel, ascenseur, communiqué sur le hand. Une agence de notation retient son jugement et, à l'oreillette, Oliver retient son souffle. Tiens une idée. Chère Laure, veuillez trouver un lien vers *À bout de souffle.* Parce que quand même, au moins Godard puisqu'on ne baisera pas. J'attends, j'adore. Encore un mot, encore un jour et j'arrête, c'est incorrect, dangereux. Si elle répond tard c'est qu'elle borde un gosse, un mec. Et d'un coup en pleine nuit, un texto pas possible qui fait bander cinq minutes et colle la pression deux semaines, déjà ça tourne mal, demain j'arrête, j'arrête quand je veux, je pourrai toujours refuser de l'embrasser mais c'est déjà elle qui m'embrasse dans la bagnole, qui se tient mal, qui ferme les yeux comme si c'était, je ne sais pas. Beaucoup plus que moi.

Sous le faux jour d'un parking souterrain, il t'a embrassée dans sa voiture, sans aucun classicisme, sa langue parcourant la voûte de ton palais et la ligne de tes dents tandis que ses doigts de fille éprouvaient par à-coups la profondeur de ton sexe. Il n'avait pas voulu que tu le touches, sinon à travers la toile de son jean.

Cela fait dix jours, depuis tu es folle et même un peu fiévreuse.

Onzième jour. Dehors, juin impose à Paris illisible et masquée, désormais plus humiliée qu'humiliante, un vacarme étouffé sous une température anormale. Pour une fois, la ville te ressemble. Tu n'as pas faim, tu t'énerves pour rien et parfois tu transpires quelque chose de sucré et de cuit. Tu n'avales plus un fruit, tu ne prends plus un livre, sans imaginer à la place, dans ta bouche ou dans ta paume, un sexe étranger. La nuit tu refumes sur la terrasse, prétextant la canicule.

Douzième, treizième jour. Désormais le matin, tu mimes un sommeil profond, le temps qu'Anton se lève et disparaisse. Quand tu entends le fracas de l'eau dans la baignoire, tu as moins d'une minute pour te branler d'un seul doigt, deux autres ravivant très vite dans ton ventre les souvenirs des siens. Quand l'eau se tait, ta débauche d'éternelle pensionnaire chronométrée sous les couettes et les paupières, se termine en tremblant mais sans gémir. De retour dans la chambre pour y prendre une chemise et te trouvant invariablement couchée, Anton gueule qu'à ce train c'est encore lui qui déposera Anna à l'école, tandis que ses premiers patients s'échangent déjà, dans la salle d'attente, leurs miasmes volatils. Désormais Anton te dérange et cela ne changera plus. Tu t'excuses, tu t'étires, tu félicites ta peau patiente en embrassant ton épaule, et tu t'habilles.

Quinzième jour. Désormais à midi tu ne manges plus du tout. Entre les cours, tu fais des courses vaines. Du maquillage, un sac. Tu regardes les sous-vêtements, découvrant des matières inconnues qui te réexpliquent l'indécence et le potentiel graphique des corps féminins trop maigres. Le seizième jour est un mercredi et tu donnes exceptionnellement un cours à la Sorbonne. Boulevard Beaumarchais, une pièce de lingerie en vitrine, d'un noir translucide, te pousse dans la boutique sans même dire bonjour. Tu détaches de son cintre le disons vêtement qui doit s'appeler guêpière ou bustier. Ouvert à l'entrejambe par un système de boutons-pressions recouverts de soie, il est hors de prix. Ta mère sous terre veut savoir si tu plaisantes. Tu t'efforces de revenir aux leçons apprises à propos de l'épargne, à la dignité des femmes de tête, très au-dessus de leur chatte, et tu reposes le modèle. Tu sors du magasin comme d'un vernissage, déçue et ennuyée. Tu y reviens en trombe, attraper le bustier presque avec les dents. À la caisse en lisant 290 euros sur le terminal, tu l'accables de 36 divisions domestiques. 290 égale cinq paires de chaussures pour les filles, égale un nouveau sèche-linge en plus de Roland Barthes en Quarto, égale trois mois de mutuelle.

Silence bobonne, t'ordonne au ciel la mère de ta mère, celle qui fit la vraie guerre, apprends-lui simplement à faire sauter les boutons-pressions d'une seule main, la vie est courte et Roland Barthes inutile.

Dix-septième jour. Tu as reçu de lui un message qui parlait de tes lèvres. Dix-septième soir, tu couches Anna sans berceuse et laissant Anton devant la gueulante hebdomadaire d'une chaîne d'information, tu traces de Ville-d'Avray à Paris en voiture, rejoindre Gabrielle dans sa rue Réaumur. Un bar d'hôtel trop cher et sous-éclairé où tu te sens, dès l'entrée, plus à ta place que chez toi. Tu prends le temps de regarder Gabrielle t'attendre en téléphonant, en se levant, en saisissant une bougie sur la table voisine, en revenant sur le sofa, en t'apercevant, en levant le bras, en disant Laure. Tout ceci dans la nonchalance aimable de qui fréquente des endroits semblables un peu tout le temps, un peu dans toutes les capitales du monde. Tu atterris sur la banquette basse, dans le bruissement d'un nouveau trench encore raide que Gabrielle ne remarque pas. C'est ton visage qui l'étonne, cet air que tu as d'avoir pris, avant de venir, quelque chose de chimique ou d'incendiaire. Orgasme ou cocaïne. Elle t'étreint à la taille, aux épaules et te sermonne, tu as encore maigri, dit-elle, elle ne sent plus ni tes hanches, ni tes seins. Elle te regarde, elle sent quand tu bous depuis toujours, depuis l'internat, elle dit parle. Et bientôt elle t'écoute sérieusement raconter l'inconnu.

Elle prétend ne t'avoir jamais vue comme ça, et toi tu dis comme ça, c'est heureuse. Elle n'a rien à redire car alors redire serait déjà punir. Mais au second verre, elle aura cité la Bovary et son destin de merde. Au quatrième c'est toi qui récites, les cheveux rejetés en arrière, fière d'envoyer parfaitement ton Flaubert : « J'ai un amant, j'ai un amant ! répétait Emma se délectant à cette idée comme à celle d'une autre maturité qui lui serait survenue. »

– Puberté, dit Gabrielle, replaçant sur ton oreille la mèche qui battait ton œil.

– Quoi ?

– Puberté. Pas maturité. Du moins de mémoire.

Elle rit que ce soit elle l'inculte, la femme de riche, qui te corrige toi la bac + combien déjà, bac + une vie. Tu anticipes, tu ne l'as pas encore, l'amant, la liaison tu peux encore y échapper, dit-elle comme si c'était la mort.

Et bientôt il est très tard, il faudrait rentrer.

Tu voudrais dormir là dans cet hôtel laqué pour *fashion week*, au moins reprendre un verre, te laisser asphyxier par les fumées vétiver des bougies sur les tables, jusqu'à la fermeture. Avant, rentrer chez toi c'était normal. Désormais rentrer c'est comme vieillir, comme perdre.

Rejoignant ta voiture rue Saint-Martin, tu lui diras dis-moi que tout le monde le fait, que tout le monde hésite, une fois, deux puis fonce, tout le monde. Gabrielle, comme à regret, dira oui. Tout le monde.

Le lendemain, dix-huitième jour, est dès l'aube un supplice. Tu ne supportes plus rien, ni toi, ni les autres, ni le contact de tes vêtements. Anna se brosse les dents n'importe comment, au réveil elle a mangé un Mars. Tu as renoncé le mois dernier aux enfants-rois. La brosse est une girafe dont le corps s'illumine deux minutes, une saleté vorace en piles, cinq euros par lot de dix livrées par Amazon tandis qu'explose la dette carbone par an et par personne. Mais Anna a un truc dans la bouche et toi tu as deux minutes pour te refaire, encore, le film du parking. La voiture, sa langue, ses doigts tendus, sa main inondée entre ta peau et celle du siège. Tu voudrais qu'il arrive à l'instant, qu'il te force et disparaisse sans commentaire. Avec lui tes insomnies, le désordre, le risque de tout perdre, la honte encore à l'état de projet mais qui finira bien par te mordre. Tu voudrais qu'il vienne, même par la fenêtre, même dans cette salle de bains. Tu dirais à ta fille va jouer dans l'herbe, ce n'est personne, maman doit régler quelque chose, elle filerait. Il te sauterait sans parler dans la douche. S'il n'existe rien de tangible entre lui et toi, vous le trouveriez au corps à corps en dix minutes. Après quoi il sortirait par la porte du garage, tu irais travailler et tu ne le verrais plus.

23 juin, 07:15, TC 36,6°, FR 17/min, FC 82/min, TA 16

Réveil en nage, j'ai pas entendu sonner, France Inter et Papa s'énervent déjà depuis un moment, chacun avec ses moyens. J'ai encore rêvé des oiseaux aux pattes sales, ça fait deux fois, on peut compter sur une marée noire avant la fin du mois. Cet hiver j'ai rêvé d'un 0-0 entre Marseille et l'Olympique lyonnais et c'est arrivé le soir même. J'ai pas fait les trente mètres qui séparent mon lit de la cafetière que j'ai commencé de plain-pied ma journée de merde. Papa avait, pour des raisons impérieuses qu'il ne m'appartient pas de discuter, chié dans le couloir. Et mon short n'était pas sec vu que le réservoir de flotte du sèche-linge quand il veut, était plein. Ça commence mal. Ça va aller droit dans le décor cette journée et pourquoi j'aurais envie de voir ça.

Reebok, short mouillé, quai Voltaire, huit minutes de retard sur l'horaire habituel, alors évidemment je ne croise pas les mêmes partenaires. Ce sont déjà les filles qui courent, pas concentrées, pas droit, certaines font carrément coucou, mais on est où. De fait, je vais me récupérer le même décalage sur le RER A, vu qu'en bagnole à cette heure-ci, c'est mort. Ce ne sera pas du tout les gens de 7 heures sur la rame, il faudra s'attendre à tout.

J'allais me doucher quand une alerte me stoppe à poil dans la cuisine. Le cours de la Banquise a perdu 12 %, tandis que celui de la tour voisine montait d'à peu près autant. Les oiseaux qui s'enlisent, c'est nous.

Défense, badge, tourniquet, ascenseur, trente-cinquième étage, c'est quoi cette odeur. C'est moi, pas eu le temps de me laver, bienvenue dans la suite d'une journée à se défenestrer, bonjour Sybille, couloir, encore trente mètres pour atteindre l'Espace direction. Pas en courant, toujours pas, ça fait soumis et je le suis déjà trop. On ralentit, on respire, on se concentre, ça peut servir. Ils sont tous devant l'écran. Une rumeur de dégradation de la note de la Banquise a couru les marchés, suite à nos résultats dégueulasses qu'on a publiés un peu tard. Rumeur invérifiée mais, en attendant, le cours en prend plein la gueule.

Sur l'écran Bloomberg de la pièce le titre clignote en rouge.

– Moins 10 %, commente Oliver sur le ton de ça sent le sapin.

– Moins 13 depuis l'ouverture, commente Amin qui suit la débâcle de l'application de son téléphone.

Oliver tente de fixer l'écran sans ciller mais vu sa tronche, collapse intérieurement. Ce mec est lui-même un écran, on voit tout passer dessus. Là, il nous voit dans la dèche, sous-louer une partie de la tour, partageant le standard avec un fabricant de virucides, leader mondial en désinfection des surfaces professionnelles. Au fond de l'Espace direction, Safia est à présent au téléphone. Avec Standard & Poor's, m'apprend Grette. Grette est toujours aussi bien aménagée dans sa jupe portefeuille Saint Laurent et ses trente-huit ans, un véritable appartement témoin. Toujours, cependant, ce petit problème de regard vide qui vous dissuade de visiter, c'est dommage. Grette portera demain un jean Lagerfeld car nous serons vendredi et je m'en fous. Je note ça faute de papier peint. Les murs sont tout blancs, le sol indécrottablement rouge à rayures marron.

– Moins 14 %, ça se stabilise.

– Ça descend.

– Je vais pisser.

Sortie d'Oliver, silence général, dessous de bras encore à peu près secs, têtes pas tout à fait d'enterrement mais déjà fumantes de calcul mental. Les cerveaux gauches commencent à évaluer le montant du chèque de départ. En plus de l'argent fiscalisé, partir ou non avec l'Audi, doit spéculer Amin, tandis que le titre chute à moins 15. Retour d'Oliver. D'un regard, Safia lui fait signe de rejoindre sa conversation avec l'agence de notation. Soit dit pour tuer le temps, Safia et Grette incarnent les femmes dans l'exécutif à raison de deux postes sur dix pour le moment, cinq au prochain changement de majorité parce que c'est décidé, c'est maintenant, on va se pousser. C'est comme ça, inutile de chialer en s'accrochant aux rideaux. Quels rideaux d'abord, c'est transparent. Le technicien voltigeur de surface, collé en rappel aux carreaux du trente-cinquième étage, est quasi avec nous. Je peux voir le machin Caterpillar sur ses godasses, c'est Mathias. On fume une clope quand il passe le jeudi sur ma vitre. Il était maçon, il est mieux là-haut qu'il dit, son seul problème étant la pluie par surprise. Dieu comme je m'emmerde.

– On est downgradés, raccroche Oliver tandis que je m'imagine la vie de Mathias. Un métier d'avenir à 2 700 balles net, grand air et possibilité à toute heure de saut dans le vide. On ne réfléchit jamais assez.

– On est double A.

Note de bas de page, AA c'est l'équivalent d'un C à l'école primaire avec mention « médiocre ». Hors-jeu, humiliation publique, dernière place de la course en sacs. La chemise fumante d'Oliver diffuse bientôt comme une nette odeur de faillite, des relents acides de sueur Hermès. Je me remets dans sa tête afin de profiter de sa fiction. C'est Zola sur Netflix. Il se voit désormais quitter la tour et se réinstaller à Londres, avec les écoles qui coûtent un bras. Ici, le leader du nettoyage partage alors le loyer avec un Data Center numéro un en Europe, spécialiste du stockage des données financières. Seul Mathias, l'alpiniste conserve son emploi sur les vitres. Personnellement, je partirai avec le Mac et la bagnole sans me retourner. Sans regret non plus, puisque Safia ne couche pas en dessous de 400 000 annuels hors bonus m'a récemment appris Oliver, au cours de confidences déplorables que je nierai avoir entendues quand, à la tête d'un fonds américain, Safia m'embauchera pour faire du thé.

Je m'émeus tout seul un petit quart d'heure à me conter ces belles histoires qui n'arriveront pas. Je reste assis, je me gratte, je respecte la plus totale inertie tout en paraissant au sommet de l'agitation, il faut avoir fait l'école du cirque. Je compare en silence les trimestres pour constater que c'était pire en janvier et qu'on ne s'en souvient déjà plus, si tant est qu'on l'avait remarqué. Je tape sur mon téléphone un début de fiction pour dire que tout va bien, qu'on a un plan de refinancement grâce à nos partenaires italiens, suisses, américains, dans l'idée de le publier demain. Ça s'appelle rassurer le marché, ça rassure surtout les actionnaires. Le marché fait ce qu'il veut.

Lui, il existe.

Anna déposée en courant à l'école, tu prends le RER dans le mauvais sens pour la première fois. À la faculté, cherchant à rejoindre la salle des soutenances, tu te trompes d'étage puis de porte. Ta mère sous terre te crie c'est un signe, Laure, et c'est moi qui te parle. Tu vas t'égarer ma fille, prendre ton destin à rebours.

Tu penses ta gueule.

Les signes c'est pour les analphabètes, la prédestination pour les ratées. Et prenant l'air de celle qui sait où elle va, tu franchis le seuil de la salle 221 en retard et sans excuses.

Un étudiant, très sage, est déjà au tableau. Trois de tes collègues, Kader, Jean-Michel et Nicolas dit Saint-Nicolas, sont assis au premier rang, stoïquement disposés à l'ennui d'un oral accablant, ultime sacerdoce avant les vacances.

Jean-Michel est bras nus, aux pieds des espadrilles anticipées. Tu dis bonjour, tu demandes cinq minutes à l'impétrant, le temps de t'installer.

– Bien sûr, bafouille le gosse, vingt-deux ans à tout prendre.

– Ça va Laure ? s'inquiète Jean-Michel, t'es rouge ?

Tu t'assois, tu respires, tu te concentres sur l'étudiant. Il est fébrile, noué. Exposant sous une veste à poche en toile sable un t-shirt à imprimé révolutionnaire (*Che Guevara, tu mirada nos guia*) qui devra lui tenir lieu d'assurance, il transpire des tempes. Tu connais bien ces enfants troublés. Il t'est arrivé en début de carrière, d'en retirer la vaniteuse impression d'être effrayante mais c'est passé. Jean-Michel penché à ton oreille, tient à te faire remarquer qu'il a repassé son polo, sachant qu'il siégeait avec toi. Tu l'en remercies tandis que l'étudiant essuie ses mains pour la cinquième fois sur sa veste de communion. On vous écoute, soupire Jean-Michel. Soyez bref, supplie Kader, cherchant dans l'application horloge de son téléphone l'icône minuteur, par ailleurs très utile pour les cuissons.

Tu n'écoutes pas le jeune homme exposer les étonnements et les bénéfices de trois mois à la BnF, département des archives historiques. Tu continues d'écouter en toi le grouillement d'une attente élémentaire. Bientôt, l'exposé terminé, Saint-Nicolas commente tous les points de l'oral et propose à l'étudiant de lui fournir ses notes manuscrites. Kader affecte une sévérité hors de propos qui ravage le jeune, ignorant qu'elle ne s'adresse pas à lui. Kader ne le défonce que pour s'offrir à lui-même, au moins une fois dans le trimestre, l'illusion de sa puissance académique. Toi, tu décides, dans la méconnaissance totale du contenu, qu'il mérite rien de moins que 14 sur 20.

Tu veux donner, tu veux qu'on t'aime.

Dans le bus qui t'extrait du campus, tu écris à Clément donne-moi rendez-vous à midi, n'importe où, Laure.

23 juin, 10:15, TC 37,1°, FR 18/min, FC 84/min, TA 16

Silence polaire. L'œil de CEO quitte un instant l'écran de la Bourse et passe sur nos échines, une à une. Corps vautré d'Amin sur son laptop, corps fixe et parfumé de Safia à l'exacte perpendiculaire de son clavier, le mien flottant gentiment entre l'écran du Mac et celui du téléphone.

– Quoi ? mugit Oliver, car vient d'entrer Hector, du papier dans les mains. Hector, ex très jeune inspecteur des finances, est ici le pas si jeune chef de cabinet d'Oliver, lequel sous-exploite vicieusement son intelligence en lui confiant des tâches de souillon. Oliver l'engueule parce que ses mocassins couinent, Hector s'excuse, Hector endure parce que lui son récit personnel c'est ça : si je tiens le coup, j'évite la haute fonction publique mal payée et bonjour richesse, j'arrête de bosser à quarante-sept ans. Ou pas. Peut-être qu'il travaille souterrainement à un nouveau modèle économique basé sur la taxation des grandes fortunes et c'est moi qui salis tout. Hector remet sa note à CEO qui la lit, qui me la remet à moi.

– Tiens. C'est un projet de communication pour demain si on est officiellement double A. Regarde c'est pas trop mal.

Ah d'accord, au temps pour moi. Le récit personnel d'Hector c'est qu'il va prendre mon job. Je lui souris parce que j'ai décidé de me torcher avec sa note et en plus en septembre, il est viré. Oliver en use un par an. Mon téléphone frémit depuis dix minutes des messages de Frédéric de Bajon, un mien camarade de faculté devenu journaliste économique chez Bloomberg, alors qu'il voulait devenir Chateaubriand ou crever, ce qui n'est pas suffisamment rare pour que l'on s'y attarde. Il m'écrit c'est quoi ce bordel sur la Banquise, il veut que l'on déjeune. Je nourris en effet Frédéric aux frais de la boîte toute l'année, je lui rédige ses articles royal au bar, en échange de rien, et ainsi je le domine de toute ma classe. Alors qu'il est objectivement plus grand et mieux né.

Tandis qu'Hector repart en gémissant des chaussures, que Sybille vient s'inquiéter de ce qu'il faut répondre à Frédéric de chez Bloomberg qui essaie désormais de passer par les assistantes, tandis qu'Oliver se demande quelle connerie les Frédéric de chez Bloomberg et les autres sont capables de rédiger à propos de ce foutoir, si je n'organise pas de point presse à la mi-journée, je découvre un message de Laure. Disons un ordre. Laure veut que je lui donne rendez-vous dans une heure.

J'en étais sûr bordel. Une croyante. De *credere*, de crédule, de crénom de bordel de Dieu, encore une qui pense qu'un homme c'est ça. Que ça bouge de la tranchée, que ça traverse l'orage et l'esplanade dans les deux sens dans la matinée, tout en prenant des rafales de AA dans la tronche. Que ça tient efficacement des conférences de presse à 15 heures alors qu'à 13, on serait au centre d'une femme, en se tapant un club sandwich dans l'intervalle, que les hommes parcourent le monde entre toutes ces polarités les doigts dans le nez et parfois un dans le cul pour les plus détendus d'entre nous. Mais renseignez-vous, putain.

Un instant, j'ai envie d'écrire je suis un gamin, Laure, et un cul-de-jatte. M'accompagner c'est entre tenir la main pour traverser et pousser un fauteuil. Mais je me retiens. Elle est devant la balle, comme on dit ici à propos des collaborateurs prometteurs. Il va falloir envoyer, démontrer, vivre avec son époque ou décamper. Je m'indigne un moment, je transpire et bientôt l'époque c'est moi : épuisé à même pas midi dans l'Espace direction en plein concours de bites avec la Générale, cherchant sur Booking une chambre dans un rayon de quatre kilomètres, pour retenir une femme qui en comparant les trimestres, comprendra en septembre que je n'étais pas mieux en juin.

Alors que tu ouvres la grille sur ton jardin, il répond par une adresse rive gauche. Pourquoi si loin quand la Défense offre sûrement quelques hôtels aériens et panoramiques ? Qu'importe, tu rentres en courant. Dans les miroirs de ta maison, tu te regardes passer avec des yeux d'homme et tu reconnais dans le mouvement de tes reins, la cadence déroutée des rêveuses. Tu penses attention mais c'est la dernière fois.

Tu retournes ton tiroir de sous-vêtements neufs, tu sais exactement ce que tu cherches. Tu te prépares comme les femmes le font, joyeuse de savoir faire encore de ta peau un tambour. Tu exécutes différents gestes d'avant noces barbares, intimes, obscènes et naturels. Tu choisis de t'attacher les cheveux.

Il t'attend sur un trottoir de l'île Saint-Louis, quai Bourbon. Il porte une cravate et la face B de son visage, étroite, masculine. Tu le trouves encore pris dans ce givre qui, tu l'apprendras, toujours l'entoure quand il vient de sa banque. S'il l'appelle la Banquise, c'est sûrement pour la chute de température interne qu'elle provoque chez lui, comme à la recherche du sommeil, de l'extinction. Il t'informe pour entrer en matière et briser cette glace, qu'ici au 19, quai Bourbon, vécut Camille Claudel 1864-1943. Une plaque sur la façade en témoigne par une sidérante note biographique, et l'extrait d'une lettre de la sculptrice à Rodin.

– Il y a toujours quelque chose d'absent qui me tourmente, lit Clément à voix haute, à voix blanche, ajoutant que ce n'est pas là que vous allez. Ce n'est pas un hôtel.

Il te prend par le bras et ce qui passe de son corps au tien, ce qu'il t'adresse, tu ne le connais pas. Et puis tu te souviens. C'est très vieux. C'est la peur. Tu as flingué sa journée te dit-il en marchant et dans ces termes puisque c'est déjà une certitude. Tu découvres que c'est grave, le déranger. Tu découvres en toi que ce n'est pas facile, trahir et faire le reste en même temps. Marcher, respirer.

Ton secret commence à midi. Tu n'as jamais vu d'hôtel en plein jour dans la ville où tu as pourtant tout appris. La réception est encombrée de valises et d'un couple bruxellois avec enfant. Un enfant qui devrait être à l'école, Belgique ou pas, commente Clément pour tromper la terreur. Vous patientez sur une banquette, le temps qu'un réceptionniste sans regard lui adresse un c'est vous qui avez réservé tout à l'heure. Il geint oui c'est moi, étouffé par le nœud de la cravate que sur ces mots, il resserre. Geste mécanique, suicidaire qui te fait détourner les yeux depuis toujours, depuis ton père. Tu prends l'air détaché de celle qui n'y serait pour rien et tu penses à cette violence sans histoires que l'histoire fait aux hommes.

23 juin, 12:45, TC 36,6°, FR 19/min, FC 88/min, TA 16

Le taulier me regarde avec un air, je l'entends penser encore un client qui va à l'échafaud. Ou m'aura-t-il entendu quand j'ai crié dedans au secours, au secours, cette femme-là si je la touche, je devrai l'achever sinon ce sera moi. Je ne pense pas. L'autre est bien insonorisé de nos jours, il faut le vouloir pour s'entendre. Mais il ne me lâche pas des yeux, comme s'il était là pour comprendre, pas seulement servir des petits déjeuners, ramasser des capotes et plier des serviettes. Je l'intéresse.

– La clé de la chambre, monsieur.

Il me la tend en effet depuis un moment. Je ne regardais pas le doigt mais la lune.

Elle et moi attendons je ne sais quoi en bas des marches. Je lui dis pour ce matin, la crotte dans le couloir et mon short pas sec, qu'elle ne fasse pas de châteaux. On ne va pas pouvoir rester là, on gêne, il va falloir avancer. Je sais qu'il y a un ordre, passer devant elle ou passer derrière, je vais encore me planter. Je monte le premier au pif, on verra bien si ça gueule. De toute façon ça change quoi, je m'efface déjà moi-même du western, un peu tous les jours. Je monte, volée de marches, puis palier, puis marches moins hautes, puis porte, puis chambre impossible à décrire sinon comme une chambre à 200 balles dans un quartier où le café est à 6. Vingt-cinq mètres carrés m'accueillent avec un tu te crois où bonhomme, j'en ai vu d'autres. Mais j'ai l'habitude. J'évalue la distance entre moi et la douche. En trois pas je suis dedans et enfin je me lave. Et éventuellement je passe par le trou d'évacuation des eaux usées, j'atterris via les égouts dans la station d'épuration des Hauts-de-Seine, j'en sors en purée plus loin dans la mer et je peux enfin recommencer ma vie de petit poisson à l'origine des temps préhistoriques mais qu'est-ce que je raconte.

– Reste Clément.

Et pourtant j'avais pas mis le son. Elle est forte.

Laure est passée d'une robe corail à déjà nue, les bras dorés, c'est tôt dans la saison pour des marques de maillot sur les hanches, elle est censée travailler en journée. Elle aura une terrasse dans sa baraque de banlieue, un endroit où s'étaler. Je me concentre sur des conneries vu qu'elle est très belle et surtout trop près, déjà très au-delà des gestes barrières. C'est difficile la peau nue d'un coup, sans un écran devant, j'avais oublié. Elle a un petit chat dans les yeux, et sur le front, et dans les mains, elle me terrorise alors je me désape et je dis voilà, qu'elle ne s'attende pas à plus. Pas plus qu'un corps noueux, blanc tirant sur le vert, monté correctement je suppose. Je n'ai jamais su me situer sur l'échelle des queues. Elle me regarde à m'irradier, elle doit me mettre la moyenne. Je veux qu'on en finisse, ça n'ira pas c'est sûr, je vais me retenir comme un malade.

Tu t'entends penser courage Laure, quand vous ouvrez la porte sur un lit court, un bureau, deux fauteuils de style dans une pièce tapissée de lys. Une seule fenêtre, étroite, d'où arrive par sacs l'odeur de la Seine.

Tu veux que disparaissent cette cravate à tenir les hommes en cordeau et ce costume de salarié gradé. Il se déshabille et contre toute attente la petite fille, c'est lui. Il est jeune en réalité. Fin, effrayé. Il te demande de regarder ailleurs mais tu ne peux plus. Il n'est pas exactement mal fait mais mal grandi. De ce corps, la course s'est brisée dans l'enfance et c'est marqué partout, aux genoux, aux épaules. Il s'agenouille et étreint tes jambes, soudain à la hauteur d'un gamin quand il fond sur sa mère. Tu t'allonges devant lui, tu tombes à une vitesse qui défie ta logique, ton ironie. Il cache sa tête entre tes cuisses.

Il ne bande pas et au fond toi non plus. Il est désolé mais pas étonné. Cela, dit-il, lui arrive souvent. Il parle de son membre comme d'un parent à charge qui n'en finit pas de promettre et de mourir, pénible, décevant. Il a consulté, bien sûr. Et ? Et rien.

– C'est moi ? dis-tu car ta mère depuis la tombe te rappelle que tu détruis tout ce qui bouge. Les coccinelles, les espoirs et ton potentiel.

Bien sûr que c'est toi. Tu as demandé. On ne demande pas Laure, on attend. Tu as dit viens et lui a obéi quand pour s'obéir, il était trop tôt. Il eût fallu davantage vous regarder, vous morfondre, vous réserver. Il ne le dit pas mais tu n'es pas sourde. Quelque chose de muet crie sous sa peau de poisson vertical, ses paupières rabattues sur deux mille ans de honte, ses mains en coquille du crétacé sur un sexe en forme de croix. Tu penses à nouveau au cauchemar d'être un homme. Tu pourrais lui dire et moi je suis une femme de peu de souffle, attendre me tue. Tu supposes qu'il n'est pas sourd non plus. Il te demande pour la seconde fois :

– Ça va ?

– Mais oui.

Menteuse. Tu n'as jamais su quoi faire avec ça, les hommes désarmés et les chairs molles, la rupture affligée du désir et du sang. Tu pourrais l'embrasser mais tu ne le connais pas.

Il s'agit que ce soit beau tant c'est manqué alors tu décides que vos corps survivront à l'erreur de cette chambre. Tu parles du sommeil que tu n'avais plus, de l'urgence qui menait ton corps au sien et tu reviens vers sa peau comme au front. Vous savez être assez maladroits pour ne pas être techniquement dégueulasses. À l'école on appelle ça des efforts.

23 juin, 13:05, TC 37,2°, FR 16/min, FC 80/min, TA 14

Tandis que je fais de mon mieux, ce qui ne correspond pour le moment à rien, grandit dans ses yeux quelque chose entre l'étonnement et le pardon à faire mollir une barre à mine. Elles le font exprès. Ça s'apprend où ce regard de sainte infirmière que rien, même pas vous, ne désespérera jamais des hommes. Évidemment la piaule ne m'aide pas avec des rideaux qui n'ont jamais croisé un pressing, la climatisation *fucked up* bloquée sur 18 et une sanguine accrochée de travers. Les piaules ne m'ont jamais aidé nulle part et Dieu sait que je voyage, j'en ai vu des bouclards. Y en a c'est les lave-vaisselle, toujours un problème de filtre, d'autres c'est les enfants, toujours une histoire de bras cassé ou de noyade, moi ce sont les chambres qui me combattent. Laure me demande si ça va, je nous épargne la réponse qui me vient. De toute façon je lui donne trente secondes pour la répéter. Dans l'intervalle je vais remettre la peinture d'équerre, c'est déjà ça.

– Ça va Clément ?

Voilà. D'après toi.

– Mais oui.

Non. J'aurais fait autrement. Comment aucune idée, peut-être en mer ou même sur le capot d'une bagnole, mais pas ici. Je me serais retenu encore trois semaines ou un an retiré loin dans les images californiennes de mes téléphones, des mois à m'imaginer mourir de joie sur elle. Elle aurait pensé à nous à devenir dingue. Alors de l'avoir déjà vaincue, j'aurais été prêt. C'est pas glorieux je sais mais je ne suis pas né pour la gloire en 1971.

– Clément, je peux faire quelque chose ?

Mon Dieu achevez-moi.

– Oui ou… non ?

Oui ou non, l'option, le chant du siècle, tu prends ou tu prends pas, avec ou sans, avec sans assurance, ça ou rien. Et entre les deux nulle part où se fourrer pour attendre le printemps. Je voudrais que ça s'arrête pour une fois, pour une heure. Mais déjà, sa main sur mon ventre, elle court vers la fin, elle m'assiste. Je sens venir le don alors que je n'ai rien demandé. Bien sûr que ça marche, j'ai tout de même mes limites

dans le minimum, et je termine dans sa main, muet, scandalisé, me répétant comme à chaque fois, alors c'est ça jouir. C'est pour ça la guerre.
– Désolé.

Ses cheveux dans mes yeux, elle dit tu penses à quoi. La phrase du Français qui fonctionne exactement comme un bulldozer avec *je compte sur toi*, mais on n'en est pas là. Ce sera dans cinq minutes ou dix ans. Je dis, quitte à l'ouvrir, la vérité.
– J'étais pas prêt.
– Tu ne l'aurais jamais été répond-elle avec une voix d'une femme qui me connaîtrait, qui m'aurait fait. Ça m'a refoutu la trouille qui venait, de guerre lasse, tout juste de me lâcher. Je lui parle, pour meubler ses obsessions, d'une femme qui m'a brisé mais c'est à moitié des conneries. Je lui parle des solitudes dont je viens, de la Banquise qui me gèle les couilles, ça c'est vrai. Tous les jours plus profond. Et d'ailleurs il faut que j'y aille. Je lui donne l'heure. C'est l'heure de l'école, s'émeut-elle, les enfants vont sortir. Je cherche ma cravate. C'est elle qui la trouve, elle voudrait la jeter. C'est parti.

Tandis que je serre le nœud, elle m'apprend qu'elle est là début juillet puis en Italie jusqu'en août, si je veux. Si je veux quoi ? Je pense toi, tu vas vouloir me sauver. Je ne serai pas des vacances mais une vocation, tu seras écrasée ou écrasante, je serai un connard ou la victime. Dans les deux cas je vais fuir, tu me chercheras, on est très mal barrés, pense Laure à ceci : si j'avais voulu qu'on me trouve, voulu quoi que ce soit, j'appartiendrais à quelqu'un d'autre qu'un bouvier.

– Tu t'en vas Clément ?

Oui mon amour.

Bientôt tu es seule. Assise dans le receveur de douche, tu te résumes à une femme en boule et sous l'eau, l'ambre des savonnettes d'hôtel débarrassant ta peau du parfum de la sienne. Après quoi, le pommeau serré entre les genoux, tu n'as pas mieux à faire qu'imaginer l'eau de Paris monter dans les canalisations en cuivre, séculaires et crasseuses, puis sourdre entre tes jambes jusqu'à l'orgasme. Tu ne déduis rien de continuer à jouir par toi-même.

La chambre est vide, éhontée. Non il n'est pas revenu dans l'intervalle, regrettant ta chaleur, prêt à recommencer à perdre. Il ne suffit pas de vouloir, Laure. Il est parti. Il poursuit à nouveau à travers des pièces que tu supposes vitrées, transparentes jusqu'à l'os, des tâches qu'il décrit serviles et commandantes.

Tu te sèches dans les draps à peine défaits et tu y restes, tu voudrais dormir mais tu as deux enfants. Qui s'endort le jour dans les hôtels avec deux enfants quelque part ? Tu n'en sais rien, on ne t'a rien appris, sinon à t'accrocher. Tu cherches un mot pour dire épuisement en plus précis, lutte, abandon, tu prépares malgré toi des phrases sans destinées apparentes. Vautrée sur ce lit tarifé, les yeux ouverts sur le plafond, tu décides encore. Tu décides de poursuivre à travers les chambres la forme abstraite entrevue tout à l'heure, entre un costume et un drap, le temps qu'il faut pour que le sang batte. Un été, un an. Tu décides que des matières vivantes viendront gonfler toutes les formes creuses, les sexes, les journées et les paroles. Tu te voues à quelque chose que tu n'étais pas même censée remarquer. Une silhouette. Cela n'arrive pas, cela se décide. Il faudra le dire à nos filles, c'est important.

Tu écris à Véra, la priant de récupérer Anna. Tu ne seras jamais dans une heure à l'école, sinon dans quel état. Tu n'attends pas sa réponse, et dans un lit, dans une ville où tu es venue il y a vingt ans pour la promesse et pour la taille, tu t'endors.

Plus tard, tu quittes la chambre, t'étonnant de ton aisance à sortir d'un hôtel. Le fleuve t'attend et te comprend : tu échoues, au sens des bateaux.

Une heure encore, la ligne 7, le RER, un train de banlieue, et tu entres chez toi. Tes enfants sont là. Anna se plaint que la voisine l'ait encore raccompagnée, elle a l'air de quoi.

– D'une geigneuse, lui dit Véra.

– Maman !

– Tu n'es pas allée la chercher ?

Elle a vu ton message un peu tard, se défend-elle. Et puis merde, ce n'est pas elle la mère, et ton mec, il sert à quoi. Tu essaies de répondre le plus concrètement possible puis tu l'implores de faire dîner sa sœur qu'elle occupe déjà depuis trois heures. Mais tu as du travail, des rapports de stage à noter. Et puis tu dois mettre une machine, faire une compote de ces fruits que personne ne mange. Tu écriras un jour à Clément qu'avant lui tes jours étaient une usine.

Après, tu prends non moins d'une heure pour trier le linge, le propre du sale. Tu fais n'importe quoi, du rouge avec du blanc, par exemple. À genoux devant le tambour du lave-linge, tu penses à juillet qui arrive, à l'interminable réquisition de ton corps maternel par l'été, à l'urgence des valises, à l'ennui malodorant des plages, à la répétition des piscines, des températures. Et déjà tu manques de souffle. Tu cherches les raisons pour lesquelles une mère sans histoires pourrait déserter les vacances familiales, promettre de venir plus tard et rester trois semaines seule à la maison, au nom de quelque chose d'aussi important qu'indicible, mais quoi.

Tu fais tourner la machine sur programme mixte, 40 degrés 1 200 tours, tu ne sais plus ce que tu as mis dedans. On verra bien.

23 juin, 13:55, TC 36,2°, FR 16/min, FC 70/min, TA 14

J'ai fermé la porte de la chambre, j'ai attendu devant. Je reste souvent sur les paliers, je tourne en rond un moment, hésitant entre la reculade et l'avancée. Je suis, de manière générale, un système qui se mord la queue. Je l'ai entendue prononcer allô, je me suis barré. Elle aura appelé une amie, elle en a plein. Tandis que déjà sur le trottoir, j'arrête un taxi qui cherchait un destin, je l'entends d'ici raconter la mollesse de l'assaut puis j'oublie. Esplanade, j'oublie, tourniquet, j'oublie, trente-cinquième sans escale, j'oublie dans l'ascenseur présidentiel, dernière survivance un peu voyante de la monarchie. Les autres on a appris à les planquer. Atterrissage, moquette, j'oublie, Oliver qui passe sa vie dans le couloir, m'apprend devant la machine Illy qu'il a déjeuné avec une très jolie secrétaire aux comptes publics.

– Et toi ? dit-il.

Moi j'ai vécu la vie de l'autre, celui qui est, celui qui nique. Enfin presque.

– Tu veux un café dégueulasse ?

Soudain, je me sens de race commune avec la mienne et c'est très rare. Surtout avec Oliver un genre de rugbyman au regard fixe et très bleu sur qui les collaborateurs, les clients, tout le monde, pratiquent un délit de faciès délirant en supposant sur pièce qu'il a les épaules et qu'il est franc. Alors que c'est une hyène, asthmatique de surcroît. Je lui adresse au-dessus du gobelet, le regard du clan de ceux qui baisent les femmes des autres tandis qu'ils, les autres, empruntent chez nous à des taux variables pour leur payer à elles, celles qu'on baise, une baraque à peine décente. Un regard d'ordure ultralibérale qui fatiguée du choix immense des corps dévalués par le libre accès, du choix immense des femmes libres gratuites qui ne demandent rien, ni argent, ni protection, ni job, ni paroles, ni pardon, tape dans les femmes interdites. Parce que immense c'était pas assez comme choix, apportez-moi le reste. Un regard à la fois allumé et ténébreux, amusé mais légèrement flippant. Très difficile à faire.

– Tu vas bien Clément ?

Je devais juste avoir l'air débile.

Les transhumances de la mi-juillet vous rassemblent comme tous les ans dans un airbus sur le tarmac d'Orly. Vous êtes installés à quatre sur deux rangées, ayant laissé Gabrielle et son mari Boris à l'avant de l'appareil, en classe Affaires. Anna répète les gestes de la cheffe de cabine avec une amplitude exagérée. Au risque, prévient Anton, d'éborgner les voisins.

Tu frissonnes. Ce n'est pas la climatisation, elle ne fonctionne pas encore. C'est la plainte de ta chair irrésolue à ce rituel désormais sans joie des vacances en groupe mais dépeuplées. Sans lui.

Véra demande qu'on ne la réveille pas avant l'atterrissage, Anton remarque l'absence de lingettes et l'état des sièges qui laisse envisager celui de cette compagnie, bientôt en cessation de payement d'après *Le Monde*. Anna voudrait savoir si les avions s'écrasent souvent et tu réponds non, jamais. Bravo, dit son père, corrigeant. Si, parfois. Parfois même les avions disparaissent. Tu télécharges la presse, tu fais semblant, tu espères voir arriver avant le décollage un message de Clément qui pourtant n'écrit jamais. Un steward Air France t'invite à éteindre ton téléphone, Boris remonte l'allée avec la proposition que tu attends : échanger ton siège avec le sien, qu'ainsi Gabrielle puisse bavarder avec son amie. Anton répond à ta place que vous aimez rester en famille, elles ont trois semaines pour bavarder. Second passage du steward, de plus en plus tendu et Boris se fait poliment renvoyer vers ses quartiers d'affaires. Anton regrette que Boris l'énerve déjà, c'est dommage, on vient de partir. Tu voudrais descendre de l'appareil mais il décolle. Anton demande si tu vas faire longtemps la gueule puis s'endort, après Véra. Tu fixes les icônes lumineuses, attendant l'autorisation de retirer les ceintures, se déplacer jusqu'aux toilettes. Tu rallumes ton téléphone et tu enjambes les tiens.

Les écouteurs plantés dans les oreilles, tu écoutes en boucle un message archivé de Clément. Vingt fois sa voix te donner les détails de quelque ancienne réservation à l'hôtel, tandis qu'assise sans précaution sur la lunette nue, tu soulages des deux mains ton sexe sous emprise.

Tu reviens t'asseoir calmement entre les filles. Ainsi, tous les jours depuis juin, n'importe où, tu domptes sous ta peau l'animal constamment réveillé, prêt à répondre à l'appel d'une bite. Anna t'a trouvée longue et s'inquiétait, elle allait réveiller son père. Tu enfilais tes bas de contention, dis-tu, la première fois à l'envers et tu as dû recommencer.

Cette façon de vivre entre ton décor et l'envers, en racontant des conneries pour protéger ta débauche, t'est devenue naturelle en moins d'un mois. Tu admets aujourd'hui sans lutter que cette personne, c'est toi. Tu t'étonnes à peine d'être finalement des leurs, celles que tu enviais déjà dans la cour du lycée, les dégoûtantes, les toujours plus ou moins en short, qui te paraissaient poursuivre l'adolescence dans une confusion de lèvres, de prénoms et de sperme, sans réfléchir. Tu avais quinze ans. Tu te sentais étrangère à ces filles odorantes et sacrées au point de te sentir garçon et c'était ça alors, la vraie douleur. Pas les fringues, pas les profs ou les boutons, c'était ça. Ressentir qu'en toi manquait au départ la femme sauvage, sexuelle, et qu'il faudrait vivre et pousser autour de cette béance, et faire croire, et tenir.

C'est à cette époque, et parmi elles, les sauvages, que tu avais rencontré Gabrielle. Gabrielle qui doit lire un policier nordique, quelques rangées devant toi, tandis que Boris commande généreusement le champagne qui vous arrivera tiède et finira d'ulcérer Anton.

Interne comme toi, Gabrielle ne partageait pas ta chambre. Elle y venait au début au prétexte d'un démaquillant à rendre, d'un dictionnaire, et peu à peu sans, sans prétexte aucun. Oubliant de frapper, elle imposait alors dans la toute petite pièce, son grand corps, son grand sourire, sa voix ronde, son odeur de vanille et de sueur de blonde, douce-amère. Elle était restée de plus en plus tard, t'avait prêté des vêtements, avait lu tes livres à voix haute, imité Fanny Ardant dans la glace de l'armoire en pin, avait ri de ta peur des hommes, ta certitude de n'être jamais la femme de personne. Elle t'avait embrassée, un soir, dans le couloir vide menant aux salles d'étude pour te montrer que selon ses mots, tu étais normale. Que palpitait quelque chose sous ta langue comme sous la sienne, qui palpitait aussi dans ton ventre. Elle pouvait te montrer, si tu voulais. Tu avais dit non. Mais plus tard, elle t'avait léchée doucement un dimanche soir avant l'été, dans sa chambre à elle, dans des draps mauves exsudant la vanille, tandis que sa cohabitante qui s'appelait Clotilde et qui s'en foutait, dormait.

Nous survolons actuellement les Alpes, commente le pilote, à droite le mont Blanc.

Vous arrivez à Florence en début d'après-midi. Anton t'ordonne de chercher l'agence Europcar tandis qu'avec Anna, il attendra la sortie des bagages. Plutôt cela que l'inverse, s'il te plaît ma chérie. Il te trouve aujourd'hui cet air d'être encore plus à l'ouest qui te ferait louper les valises et perdre la gosse.

2 août, 19:15, TC 36,6°, FR 19/min, FC 88/min, TA 16

Aujourd'hui, Papa, il s'est passé quelque chose vers 10 heures. Ma mission, à savoir me taire, veiller à ce que personne ne parle et à ce que rien n'arrive, m'a conduit vers l'Espace direction recueillir un ordre qui tombe à pic. Aller en Italie, à Sienne, retenir par les bretelles la Banca dei Pellegrini, menaçant de nous lâcher depuis la publication officielle du AA, alors que notre plan de refinancement tient sur elle. Tenait. Les banques c'est comme les couples : sur le papier elles se soutiennent dans l'épreuve et la maladie, fidélité, dragées, vaisselle partagée, l'une empruntant auprès de l'autre. Tant qu'il y a du désir. Mais avec le bonnet d'âne qu'on nous a provisoirement tamponné sur le logo, nous ne sommes plus tellement baisables, on commence à nous quitter et même pas par SMS. Typiquement Ludovico Pardi, directeur général de la susdite banque italienne se fait prier pour assister à une réunion à Paris. Ça peut vouloir tout dire, tente de ne pas s'inquiéter Oliver. Peut-être seulement qu'il est positif au covid mais dans le doute.

Sienne en août. À quelques kilomètres de Laure, à quelques vignes. J'ai pensé My Lord, un signe. L'intérêt porté aux signes, d'ordinaire symptôme de la simple bêtise, nous permettant de diagnostiquer, au moins provisoirement, l'état amoureux. Le quelque chose qui arrive, le gros. Je n'ai plus rien écouté des volontés d'Oliver vu que j'en connaissais l'essence, décoller, atterrir, trouver Ludovico Pardi, lui rappeler que si jamais il pense à quitter la boutique, ce sera l'erreur de sa vie. Deux heures trente de vol pour aller pratiquer ma LV3 quasi fluide, l'italien, gros avantage justifiant que l'ordre d'envol me soit donné à moi. Et à Hector.

– Prends Hector avec toi, me gâche-t-on le plaisir.

Oui, Hector. Le groom de Bercy avec QI à quatre chiffres et mocassins André qui veut me bouffer. Il ne parle pas un mot d'italien, mais on le prend pour un talisman et on me l'adjoint dès lors qu'on a compris que moi je n'avais plus la main verte pour quoi que ce soit. On m'a qualifié de haut potentiel à une époque Papa, tu aurais dû voir ça. Je me levais tous les jours et me couchais tous les soirs avec cette gueule de fromage médaillé au concours agricole qu'Hector est venu afficher dans mon bureau une heure après. Il avait déjà pris les billets pour cet après-midi, en classe Éco, sûr que le Groupe apprécierait la solidarité. Le Groupe qui pèse 30 milliards appréciera la solidarité d'un billet à 200 balles, il avait l'air d'y croire.

La solidarité c'était surtout deux heures plus tard quand on a partagé un accoudoir en s'encastrant les genoux dans la tablette et que j'ai envoyé ma barquette de poulet-ou-poisson sur son cachemire d'été Zara, bien fait pour sa gueule. Il y avait de la place sur la rangée mais il a tenu à rester à côté de moi, je ne sens donc pas si fort le cadavre. J'ai attendu qu'Hector se colle un masque sur les yeux et j'ai regardé un film sur l'amour sans rien comprendre.

C'est dans le taxi que j'ai commencé à perdre le pouvoir. Il a payé avant que je ne percute qu'on était arrivés. Il était lancé, il n'a plus arrêté, il a passé avant moi la porte de la BDP et ce n'était pas pour me la tenir, crois-moi.

Au rencard, ce n'était pas Ludovico qui devait vraiment avoir la grippe, c'était Mary. Une fille donc, avec des seins que j'en ai perdu mon italien de gondolier. Hector en a profité pour m'écraser avec son anglais de London School of Economics, tandis que je tentais vaguement d'intervenir avec des *magari* et des sourires en agitant les mains. Mais dans ma tête, je les avais déjà ailleurs, la gauche sur le cul de Laure, la droite autour d'un spritz. J'avais une de ces envies d'être un plouc en Italie au bras d'une femme arrivée la veille, encore un peu fatiguée du vol et des préparatifs, montrant le haut de ses cuisses pâles pour la première fois depuis août dernier sous une brève jupe en soldes froissée dans la Samsonite.

J'ai abandonné Hector, avec son prénom prédestiné aux victoires faciles, à sa victoire facile. Je lui ai laissé la suivante aussi, rien à foutre. On n'était pas sortis qu'il rapportait (de *to report*, tu sauras si tu voyages) sur son BlackBerry comme un malade. Moi je l'aurais fait le soir, surtout pour dire ça. Qu'on n'avait pas vu Ludovico, qu'on le verrait dans vingt-quatre heures, qu'on restait comme des cons.

Une fois planté mon énergique collaborateur, j'ai appelé Laure et j'ai dit devine où je suis. Elle a pensé immédiatement que je venais pour elle. Elle aussi préfère les récits, c'est son droit. Je l'ai laissée croire à cause de l'air que j'entendais entrer dans ses poumons. Puis j'ai téléphoné à ce qu'il faut bien appeler ma mère pour savoir si elle avait trouvé les clés, t'avait nourri. Elle m'a rappelé que tu étais un animal et qu'elle-même allait bien merci, à part son œil. J'ai dit j'allais y venir, laissez-moi parler, comment ça va votre œil. Mal donc, mais bien moins que mon âme, dès lors que son œil elle le confiait à Dieu, à saint Omer, guérisseur de la cécité, à saint Benoît, patron à large spectre, qui s'occupait d'à peu près tout. Nous avons raccroché.

J'ai retrouvé Laure, fou d'elle, en planque dans les oliviers. Elle ne voulait pas parler, elle n'est pas comme toi. Elle veut surtout que l'on s'assemble je crois, comme on joue. Je ne l'intéresse pas ou juste par moments, quand elle veut savoir quel enfant j'étais. Ce jour-là, je l'ai prévenue. Attention Laure, on peut tomber amoureuse comme on devient de droite, comme ils devenaient nazis. Par hasard, par mégarde. Sur un malentendu, une histoire de cul au bon endroit, la sonate numéro 23 au bon moment.

– Pourquoi tu dis ça Clément ?

Pour m'entendre. Et pour atomiser le truc avant qu'il ne m'atomise. Ça marche ?

– Pas trop.

Patience.

Il répète essoufflé ton prénom et puis regarde-moi, Laure, regarde-moi. Paupières bleues, cristallin rouge, lèvres sèches. De l'épuisement imprimé sur son visage, tu cherches encore une fois l'histoire. Tu additionnes une nuit blanche au poids de cinquante ans sur Terre à ne compter sur personne.

– Je ne te fais pas mal ?

Radio Uno, la climatisation sur 21 d'une Alfa louée chez Avis, vous dedans. Autour les oliviers travaillent et l'Italie attend toujours le procès de Battisti. À la radio, une alerte canicule encourage les mères à confier les enfants à la fraîcheur des églises mais tu n'es pas certaine de comprendre. Tu n'as pas vraiment appris l'italien, tu n'as rien appris d'utile. Tu as gardé au fond, intacte, la bêtise de l'origine. La preuve, tu connais seulement les secrets de ta chair sous ses ongles. Sa main s'enfonce et le souffle coupé tu imagines le noir qu'elle dérange. Tu dis plus loin.

– Comme ça ?

Sa main entière te déforme, tu imagines le noir rouge du cœur des volcans mais c'est toi. Les communistes demandent à la radio qu'on révise les lectures inscrites au programme scolaire. Un roman catholique d'accord mais pas dix. Le prix de l'essence, la récession au galop et au nord, Venise à sauver ni plus ni moins qu'hier. Battisti encore puisque ça ne passera jamais, *Felicita*, puis Riccardo Cocciante. Les années 80 partout, dont toi qui ne sens plus tes jambes. Tu promets à ta chair d'accoucher la prochaine fois à sec, sans anesthésie, pour être traversée en beaucoup plus grand de quelque chose comme ça. Tu suffoques. Il caresse ta bouche de sa main libre, abandonnant ses caresses périphériques que tu poursuis, en mieux. Dans l'intervalle tu l'as mordu et ça c'est bien ton genre.

Io non posso stare fermo con le mani nelle mani, enfle Cocciante, sans effort. Cocciante c'est ta mère dans la cuisine qui chante avec lui, qui dit tout bas, en voilà un homme qui sait crier, et qui ajoute avec cette tristesse que tu appelais absence, Laure, monte le son. Tu voulais toi qu'il se taise et simplement toucher ses cheveux de pochette de disque. Riccardo Vincente Cocciante né à Saigon. Tu imaginais passer pour les défaire tes doigts dans ses boucles. Un vieux, un Italien, bravo. À croire que tu étais déjà mal partie, esclave inconséquente de la sensation, couvant depuis toujours un animal effondré sur une banquette arrière.

Tu jouis. Juste avant il a dit prends. Tu as pensé il adore ça, donner. Tu n'as rien compris mais tu as le temps. Pour l'instant, tu échanges avec lui quelques mots abrutis et des fluides salés tandis qu'au-delà des vitres opaques, l'Italie s'obstine à ne pas changer. Mais c'est elle qui a tort.

Vous restez un moment unis plus ou moins à l'horizontale, sans parler, peaux soudées. Un instant il pleure, rapidement, s'en excuse puis éloigne son corps du tien, au motif d'une démangeaison. Il dit qu'il ne s'agit pas de tomber amoureux, amoureux c'est ordinaire et casse-gueule. Je ne suis jamais, dit-il en se rhabillant dans l'habitacle, qu'une plaque de verglas sur ta route, et toi tu souris, tu prétends savoir tomber. Tu commences à le connaître. Tu sens dans chacun de ses mots l'hiver dont il arrive. Le gel sur la banquise, le gel tout autour d'une enfance isolée dans les églises, les maisons de maître et les bras des filles au pair, mère à la messe, père au pouvoir, quelque part à l'usine. Enfant bercé par des femmes payées pour, adulte caressé par des femmes payées pour, il a pris l'habitude de raquer pour l'amour menteur et que ça s'arrête. Sauf une fois. Ce chien de race trouvé gare de l'Est qui l'a suivi.

– Tu restes à poil ? Tu ne dois pas rentrer ?

– Si.

Fragile, collante, tu fends sans t'arrêter deux cents mètres de val d'Orcia. La lumière de Toscane qui blanchit les oliviers, qui sépare l'air de l'or et du vert, qui se confond avec l'histoire de la peinture, désormais t'indiffère. Tu n'es rien d'autre que l'espace creusé par sa main, tu marches avec, tu penses autour et à rien. À acheter de l'Aperol, de l'eau gazeuse, et des tomates. Tu diras que l'épicerie était fermée, tu auras dû marcher jusqu'à Pienza et retour. Tu dis chaque jour moins de vérités, bientôt tu n'en diras plus aucune. Tu vivras de mensonges et d'illusions comme les grands hommes.

Quand tu aperçois la maison, tu n'as pas encore retrouvé tout à fait ton âge, tout à fait ta forme. Longue, blanche, chère, découverte dans *Elle* par Gabrielle la villa lui ressemble. Vous partagez. Deux tiers pour Gabrielle et Boris, un tiers pour toi et Anton, eu égard aux foyers fiscaux de chacun, au socialisme qui vous a vus naître. C'est un bâtiment moderne de plain-pied, dont l'accès se fait par un vaste jardin, sec et aromatique. Il faut longer un rang de jeunes figuiers puis contourner la piscine, on entre par le salon.

Tu marches, tu les vois. Pas eux, pas encore. Ils sont rassemblés à cinq sur quatre transats à l'autre extrémité du bassin. Entre toi et le groupe, un couloir de nage aussi net qu'un trait d'union. Tu es soudain incapable d'avancer, toutes commandes abolies entre ton cerveau encore hébété et tes membres achevés dans la marche, nerfs surchauffés. Tu ne sais pas encore, juste après la baise à vol d'oiseau, aller vers les tiens d'un pas réglé. Ça viendra. Il s'agit pour l'instant de contourner la piscine et de les rejoindre, ayant trouvé dans l'intervalle une phrase exclamative et saisissante, ayant inventé un scoop local qui les dispensera de t'interroger sur tes heures perdues dans les vergers. Vous avez entendu ? Battisti a tenté de se pendre dans sa cellule ! Par exemple. Anton consulterait aussitôt un site d'informations, à plat ventre sur les serviettes, vous parleriez de l'extrême gauche et du terrorisme à l'ancienne comme d'un souvenir d'école. Véra dirait qu'en termes d'action directe, on n'a encore rien vu et vous changeriez alors de sujet. Le menu pour ce soir, la météo.

Enfin ils t'aperçoivent, plantée parmi les figuiers.

– Maman, crie Anna, bondissant déjà pour te rejoindre.

– On ne court pas au bord de la piscine, rappelle vainement Gabrielle.

– Te voilà toi, constate ton mari sur le ton de ton père.

Alors tu sens d'un coup monter à tes narines l'odeur marine et instable des hommes cachés. Anna sera dans trois bonds dans tes bras. Les enfants sentent tout. Tu sautes dans la piscine. Anna crie :

– Mais ta robe ! crie Anna.

Sa sœur lui apprend qu'il y a plus grave que noyer des sapes, l'eau fraîche brûle ton territoire défoncé, tu revois d'un coup tes quatorze ans. Les côtes bretonnes et la mer se jeter dans les cavités de granit. Alors, tes parents claquaient les émoluments de l'Éducation nationale dans la location d'une *Ker Loïck* humide à vingt minutes de la mer.

Tu suçais les glaces à l'eau à soixante-dix centimes de la chanson de Jonasz. Sur la plage de Toul-Bihan, au maximum de la souffrance de classe, blanche puis rouge puis infoutue de nager vraiment le crawl, tu contemplais des inconnues s'éclater sur des chars à voile dans des maillots Arena. Tu vis depuis au-dessus de tes moyens, heure par heure. Tu refais surface.

– Les gosses feraient ça, ils se feraient engueuler.

Tu as quarante et un ans. Personne ne s'étonne vraiment que tu te foutes à l'eau tout habillée. Tu es fantasque, on te prend comme tu es.

– Sinon tu as fait quoi ma chérie ? Tu t'es baladée ?

Exactement.

Tes seins moulés par le coton trempé, tu es debout devant eux, irréprochable et ruisselante, Gabrielle chantonne que tu flingues au fond de la piscine ta petite robe marine. On va s'en remettre, soupire Véra, de cette putain de robe. Il est 18 heures. Battisti dîne en prison et tes enfants ignorent qu'Adjani était la plus belle femme du monde. Tu t'allonges sur la dalle, dans tes hardes mouillées.

– Rhabille-toi, suggère Anton, au motif que tu t'enrhumes.

Tu ris. De t'amuser encore, de ta constance depuis des jours à faire l'idiote devant la petite, Anton s'étonne à voix haute.

– Tu vas où ?

Te laver vraiment. Tu ne peux pas croire que Clément, son Alfa encore à deux cents mètres et sa main et ses lèvres ne se voient pas dans tes yeux. Anna crie qu'elle vient avec toi. Anton estime qu'elle est collante mais c'est le prix de ces derniers mois, expose-t-il à Boris. Sa mère l'a négligée, happée qu'elle était par les étudiants.

Tu reviens sur la terrasse comme tu sors désormais des maisons. En souriant dans le vide et comme si l'autre était chaque fois sur les marches, le soleil derrière lui. Gabrielle te dit sans rien t'apprendre que tu es belle à l'instant. Tu es prête à rire de tout, tu bois la première, tu t'assois la première, les pieds sur la table. La mère de ta mère qui servait debout ses fils attablés, rigole de là-haut. Véra pose sa pile d'assiettes pour te prendre en photo avec ton téléphone. Le code comme tous tes codes, correspond à sa date d'anniversaire. Tu changeras, c'est dangereux. Tu as connu après tout d'autres naissances.

– Plutôt à droite les couteaux, sous la serviette. Et les fourchettes avec les pointes en haut, supplie Gabrielle.

Véra corrige et promet de s'enfoncer dans le crâne que la civilisation, c'est mettre la table. Elle pensait qu'après les fours, les machettes, les fosses communes creusées à la bétonneuse, une centaine de féminicides par an par démocratie, on pouvait, à ce stade, à nouveau manger par terre. Heureusement on peut compter sur les gardiennes du Temple des arts ménagers, merci. Gabrielle te regarde et tu la regardes, tous commentaires inutiles entre vous.

– Tu fais un seul truc, tu le fais bien ! s'emballe Anton. Reviens avec le sel ! Et des excuses. Et il n'y a pas non plus les machins là, qu'on met sous les assiettes !

– Les sets. Ça va rentrer. C'est simple, tu penses au chiffre sept mais attention. Ça s'écrit pas pareil.

– Pitié. Stop.

– Stop ? C'est trop tard pour ça, mec. Regarde autour de toi.

Elle n'arrêtera pas. Il le sait. Elle ira trop loin ce soir comme tous les jours. Tu penses qu'à cette allure, elle se fera mal un jour.

– Moi je renonce.

– C'est normal, Anton. C'est un tic.

– Ta mère intervient quand elle veut.

Tu participes d'un classiquement démissionnaire

– T'as jamais eu dix-sept ans ?

Non. À dix-sept ans son père est mort, finissez-moi ces trois morceaux de coppa qui traînent sur la planche, à dix-sept ans il a dû devenir un homme, tenant du bout des doigts et la baraque et sa mère, sans même rater médecine. Sans emphase, il peut prétendre s'être fait tout seul.

– Et tu te finis quand ? s'intéresse Véra.

Vous riez, tous. Pas même, selon l'adage, pour éviter d'en pleurer trop vite. Parce que vous êtes déjà bourrés. Anton la prie de conserver jusqu'en septembre et pour le lycée, ses répliques de potaches. Elle est inaudible, insupportable. L'expression partagée à cette table depuis une heure c'est la consternation.

– Moi depuis toujours, répond Véra, précisant qu'au lycée elle n'ira plus.

– J'aimerais bien voir ça.

– Mais regarde. Je suis devant toi.

Elle vous apprend qu'elle ne sera plus notée. Plus jamais, c'est décidé, c'est non. Toi tu ne t'étonnes plus. Ta fille est du monde du non. Mais les autres veulent comprendre pour s'amuser davantage, alors elle s'explique. L'idée est d'échapper le plus vite possible au système de différenciation par la note qui prépare sournoisement à accepter la brutalité du système de différenciation par l'argent, l'âge et la taille du bonnet. Voilà.

– Formidable ma chérie, assure Anton qui n'a rien écouté, tu veux bien aller chercher le fromage en attendant ? Tu seras pas notée là-dessus.

– Bien sûr mec. Autre chose ?

– Ouais. Ne repars pas les mains vides.

Évidemment. Si Gabrielle veut bien lui indiquer dans quel ordre retirer les couverts sans déranger le cours de l'histoire. Sur quoi elle disparaît sans rien emporter, on ne verra jamais arriver ce plateau de fromages. Anton est sûr qu'elle nous crachera un jour à la gueule, Gabrielle pense que ça passera. Même l'intelligence, ça passe. Regarde-nous.

Plus tard, c'est vous quatre qui finissez les alcools en attendant les étoiles et en triant les photographies de la journée. Tu découvres celle prise par Véra tout à l'heure. Tu brûles, même à l'image. Tu l'envoies à Clément, qu'il le sache, que ça ne s'arrête pas. Véra passe au large et vous fait partager son impression immédiate. Elle méprise en vous l'Occident qui postera ses images de vacances à la face des pauvres, qui, malheureusement ne rêvent plus de sang mais de 5G pour se faire, à leur tour, bouffer par les géants du data.

– OK. Merci. Bonne nuit à toi aussi ma chérie.

Tu n'as pas l'intention de quitter le tableau. Ta fille fera peut-être quelque chose de bien. C'est ton tribut à la Terre qui crève. Toi tu as donné et désormais tu baises.

Tu annonces aux autres ta décision d'assister demain à cette célèbre course équestre qui se tient chaque été sur la place centrale de Sienne, le Palio. Et pour être à Sienne à midi, tu devras partir à 8 heures, tu doutes que quelqu'un t'accompagne mais tu demandes. Anton n'en revient pas. Toi, te lever à 7 heures ? Quand depuis juin tu te lèves à peine avant midi, comme si tu n'avais pas d'enfants, pas faim, pas d'homme. Mais pour des chevaux lâchés à bride abattue sur la foule, tu ouvrirais les yeux à l'aube, pourquoi pas. Tu fais ce que tu veux, pense-t-il nécessaire de t'informer, mais tu feras gaffe en sortant la Fiat. La franchise c'est 800 balles.

Tu ne réponds rien car tu as déjà répondu. Tu le trahis. Ces mots, ces valeurs, ce ton, tu les trahis. De tête, tu conjugues sans détour ce verbe pour la première fois. Je te trahis.

3 août, 12:15, TC 37,6°, FR 19/min, FC 88/min, TA 16

Le soir même, je suis parvenu à voir Ludovico tout seul, on s'était rencontrés chez Rothschild et contre toute attente, il s'en souvenait. Il m'a appelé et rendez-vous *subito*. Tandis que le petit révisait *con l'aria condizionata* à l'hôtel en s'interdisant de picoler, en prévision du lendemain, j'étais déjà avec le parrain, torchés au cépage local, l'angelico je crois, à lui faire entendre en riant tu nous plantes, ta réputation sur les marchés, on la nique. Il a compris vite ou il a fait semblant, c'était réglé et je lui ai parlé de Laure. Ça l'intéressait beaucoup plus.

Le lendemain, j'ai rejoint Hector au petit déjeuner et tout rempli de brioche qu'il était, je lui ai reporté la soirée. Il avait du mal à avaler. Je lui ai dit Hector, j'ai réagi. Ludo m'a sonné, j'ai couru, j'allais pas prendre le temps de te réveiller ou d'attendre le lendemain si ? En six heures, on a le temps de perdre des financements, on n'est pas là pour le paysage. On peut tuer le Groupe en vingt-quatre heures, tu y penses au Groupe, Hector ? Je répétais son prénom tous les trois mots comme on fait avec les enfants ou les victimes en état de choc, qu'il mesure mieux sa faiblesse. J'ai pas attendu qu'il avale avant d'envoyer le coup de grâce. Je prenais le risque de l'étouffer certes, mais je n'étais pas contre visiter l'hôpital Santa Maria della Scalla, le plus vieux d'Europe, construit au XIIIe siècle. Je te raconte ça pour élever le niveau documentaire de nos conversations, te montrer que je nourris un espoir dans l'instruction des chiens. Donc, là-dessus, estocade : ne t'inquiète pas Hector, j'ai parlé à Oliver, il nous remercie. Je l'ai regardé se retenir, chacun son tour. Il est parvenu à dire super mais c'est sorti soupe, le pauvre. J'ai dit pardon ? Il s'est barré et tu as assisté là, Papa, par récit interposé, à quelque chose de sérieux sur l'échelle de la barbarie contemporaine. Je dirais un sept. Sept, chez nous bien sûr. Sept selon le barème en vigueur sur la Banquise. L'autre monde, le religieux, a ses propres échelles.

J'ai retrouvé ensuite mon Hector dans le hall avec armes et bagages, tandis que je venais d'acheter un bermuda Gucci à la boutique de l'hôtel. Car oui je reste, Hector, en effet. Ludovico m'a invité à représenter le Groupe dans sa loge à Sienne pour assister au Palio, une course animalière en centre-ville mais sans taureau. Des chevaux, par dizaines. Il y aurait ensuite chez lui un genre de sauterie toscane que j'allais honorer de ma française présence. Je m'en passerais bien va, Hector mais je fais le job, tu sais ce que c'est. Bref, à lundi.

Comme il lui restait trois heures avant l'enregistrement, je lui ai proposé un verre de l'amitié. Il n'avait plus du tout du tout envie de voir ma gueule, surtout en bermuda, et je le comprends. Il a dit non, qu'il allait faire des courses. Je l'ai laissé penser que c'est lui qui me plantait, que j'aurais adoré parler de ses parents ou de son avenir incertain dans la boîte, autour de la coupe de prosecco qu'il n'avait pas méritée.

Je me suis baladé dans les rues de Sienne comme si j'étais venu pour ça, le bermuda était très souple, très doux. À tel point que je me suis demandé si ce n'était pas un maillot de bain, la vendeuse était russe. Je me suis arrêté devant une porte car dessus se déployait un aigle de Mussolini et ce n'est pas courant. Je pensais qu'ils avaient tous été défoncés au marteau pour écrire l'Histoire. Une dame en blouse est sortie de l'immeuble, elle m'a pris pour quelqu'un qui venait visiter. En effet, un panneau indiquait un appartement à vendre, au deuxième étage. J'ai dit oui. J'étais joueur, j'étais bien. Avant la fin de la journée, j'allais encore voir Laure dans un paysage financé par l'Unesco, c'était la fête.

J'ai visité l'appartement à vendre avec la dame. Au début c'était pour voir et me mettre au frais, après j'ai voulu l'acheter. Je me suis emballé sur rien, des carreaux vert jaspe dans la salle de bains et une petite madone maçonnée dans la pierre, à même le mur. Une ruine. C'était l'occasion de claquer 200 000 balles pour la beauté du geste. Parce que le fric j'aime bien le voir arriver, j'ai même une alerte sur l'application smartphone, mais après je ne sais pas vraiment quoi en faire, j'ai personne. Je nous voyais là avec Laure, dans la baignoire verte et toi en colo. J'ai dit combien. Elle m'a dit, et c'était vraiment ridicule. J'ai dit je vais en parler à ma femme. J'ai pris des photos.

Des photos qu'il m'a semblé opportun d'envoyer à Laure, une fois revenu à l'hôtel, pour rigoler. Mais j'en ai reçu une avant. Elle, cheveux mouillés, à moitié à poil, en rouge sur une terrasse. Dans le cadre, au second plan, passe un bras avec une montre de faux riche. L'horreur. Pas la photo, l'horreur c'est que quelqu'un la prend et j'avais oublié. Les sentiments ça ne suffit pas, Papa. Le problème c'est les autres. L'autre est toujours plus grand, plus capillaire, plus arrivé le premier. À part ça, le minibar était à se tirer une balle, un jus de tomates et deux bières. Il faut faire le combien pour faire monter un whisky, c'est écrit où. La chambre avait évidemment bouffé la carte des services, juste pour me faire chier. L'autre avec la montre doit l'aimer, c'est inévitable, Laure avec son rire, ses sourcils végétaux, sa colère, ce côté mal éteint, rouge, qu'elle a pour faire ce qu'on fait de sang-froid. Penser, détruire sa vie. C'est irrésistible, cette peur qu'elle a des grands chiens et cet amour des hommes lâches. Il doit l'adorer l'autre, je l'aimerais à vie si j'étais lui, si j'avais les moyens. Pauvre gars, j'ai pas le droit de penser ça en plus de lui baiser sa femme. Je le vois d'ici, il est inquiet, il tourne en rond, il tire sur une vaporette comme un fou, il grignote des saloperies pour s'occuper les dents, il prend du poids, il prend des photos, mais il n'a pas les yeux en face des trous. Elle, elle l'aveugle avec des politesses d'épouse, des paroles de mère, de nonne, des tiens tes chaussons, la main en thermomètre sur son front. Un amour tartufe, usé, qui tient le coup pour moi, pour le secret. Ou alors il lui promet des deuxièmes enfants, des baraques en Italie, vu que c'est donné. Ils dansent un peu pétés quand les mômes sont couchés, elle lui fait le récit de mes limites tous les soirs, il se marre. C'est lui qui dit pauvre type. Épargne-le qu'il dit, amuse-toi mais pas trop.

J'ai bu les deux bières et j'ai allumé la télé ritale. Sur un plateau tournant un type avec une gueule de vide-ordures persistait à s'entourer de filles inutiles en short et en talons, avec des trucs pailletés collés sur la poitrine et les joues. Quand le plateau pivotait, on pouvait voir les filles de derrière. C'est pas nouveau. On appelle ça la Rome antique. Il y a sûrement des subventions européennes pour que ça dure autant. J'ai bu le jus de tomates trop froid, j'ai regardé à nouveau la photo de Laure mais je voyais toujours la même chose. Le mec qui la photographiait, qui montait la garde, ça crevait les yeux. Il doit déjà me sentir, bientôt il va me pister jusque dans son sac à main, dans ses rêves. Je connais cet état entre sous-merde et limier que prend alors un homme. Je ne pense pas limier au sens chien de chasse, soixante-huit centimètres au garrot, oreilles tombantes. Limier au sens de fouineur, d'obsédé. Elle va le sentir à son tour, paniquer, réfléchir. Elle va me quitter. Je retrouverai trop tôt ma peau de chagrin et mon chien malade, parce que je sais bien que tu es malade, que tu essaies de me le cacher, qu'on fait semblant tous les deux par amitié. Elle va me quitter, disais-je, je pleurerai un hiver maximum, je dormirai au bureau, je serai l'employé du mois. Puis je serai consolé par quelqu'une, de celles qui prennent la tristesse faute d'amour, ces demi-laides qui nous réparent quand démolis par les bombes, on rampe aveugles sous leur ventre patient.

Je suis sorti, j'ai fermé la porte de la chambre à coups de pied, il faut savoir se défendre à un moment.

Pour s'enfermer entre les remparts d'une ville médiévale en août avec quatre cents personnes, pour se garer aux abords de Sienne un jour de Palio, les autres ont confirmé passer leur tour. Tu regrettes à voix haute, mais à peine. Tu as appris à ne pas trop en faire. Tu es prête à partir, Gabrielle te serre dans ses bras. Dans son étreinte, cette douceur ancienne qui t'acquitte.

– Tu fais attention, Laure, sur la route.

Tu voudrais encore lui dire, dans le noir, en parlant bas, la violence qui te fend aujourd'hui. Sans alerter les pions, sans bruit.

– Je ferai attention.

Tu files vers la voiture, le ventre presque vide et une seule idée en tête. Une chienne, s'émeut ta mère depuis la tombe et la haine de soi en héritage. Tu l'emmerdes. On pourrait te suivre, s'étonner de te voir démarrer au quart de tour, aller au cirque parée pour un rendez-vous. Tu roules vite et la poussière qui s'élève en fumée autour de la voiture t'efface de la surface de la Terre. Tu désertes. Anna s'éveille sûrement de sa sieste en réclamant tes bras. Rien à foutre.

Tu trouves une place au -1 du parking de la via Fontanella, tu as près d'une demi-heure d'avance sur l'heure du rendez-vous. Tu payes pour la journée. Le hall de sortie où se trouvent les caisses de stationnement est plaqué de miroirs. Tu croises la femme que firent de toi les cent derniers jours. Maigre, brune et plutôt calme, tu es davantage en vacances qu'amoureuse, c'est certain. Les amoureuses font les choses bien, disent la vérité, engendrent avec la parole la catastrophe, prennent un avocat, une valise, la porte. Toi tu passes dans une ville du Sud, tu fumes en cachette, tu trouves sans les chercher des places de stationnement. Tu frayes dans la ville déjà chaude, ta route de jeune fille. Aux balcons de pierres roses, battent les drapeaux brodés des dix-sept fiertés de Sienne. Tu te postes à l'angle de la via Rossini, comme prévu.

L'horaire du rendez-vous est passé d'une heure. Clément est injoignable. Une heure de retard un dimanche, ce n'est pas grand-chose. Tu essaies encore d'imposer une fiction à ta détresse. Une heure en août, au sud, ce n'est rien. Tu veux museler la vérité qui vient, qui piaffe, comme sûrement à l'instant des hommes retiennent les chevaux impatients aux abords du campo. Tu racontes à Laure que Clément, ayant trop bu, ne s'est pas réveillé. Qu'un rêve de toi le garde pour quelques minutes encore, dans la chaleur d'un lit d'hôtel, qu'il arrive. Mais de son hôtel, tu ne sais pas le nom, tu n'as pas pensé à demander la dernière fois, tu pensais trop à toi, au plaisir que tu voulais prendre. Tu t'accuses de l'aimer mal avec une violence égale à celle qui te secoue à l'approche de l'évidence. Encore une minute pour l'espérer, encore deux. Tu cherches un site qui répertorie les hôtels chers de Sienne, tes mains tremblent, ta vue aussi, tu choisis soudain de l'imaginer à l'hôpital. Arrête, c'est perdu d'avance. Tu racontes mal, parce que tu sais.

L'horaire du rendez-vous est passé de deux heures. Tu as reçu un message irrecevable. À la question *Qu'ai-je fait*, tu as reçu *Ce n'est pas toi. Je dois rentrer. Bonnes vacances.* Il a quitté Sienne.

Tu pourrais t'évanouir. Tu essaies une seconde d'accorder à ses mots un sens mystérieux qui établirait le contraire de ce qu'ils disent. Tu essaies de lire de toutes tes forces, comme les fous les bibles, ce qui n'est pas écrit. Mais tu n'entends rien d'autre que ton cœur renversé qui reflue tout le sang vers la tête. C'est le bruit d'un torrent. Tu penses respire, Laure, ça va passer, les femmes ne meurent pas comme ça, debout, en blanc, d'avoir attendu pour rien, au soleil.

L'Italie devient vulgaire. Aux balcons des appartements rafistolés, des fanions en plastique flottent sur les glaciers franchisés. Ton bronzage de piscine louée tranche sur ta robe de fausse vestale, de vraie salope. Les Italiens transpirent, les enfants en claquettes ouvrent la bouche pour rire ou demander, la brique chauffe jusqu'à cuire la ville et ça pue. Tu forces ton corps à revenir au présent et tu pourrais hurler du mal que ça fait. Tu marches avec la foule vers le campo, disons qu'elle t'emmène. Du monde entier des gens de toutes nations s'amassent sur les gradins temporaires. La seconde qui précède l'arrivée des chevaux montés sans selle sur la place caniculaire est un silence mondial. Ils entrent un à un, saisissants. Tu penses à lui. Si les gradins s'écroulent tu meurs dessous, et qui l'informera.

Tu le cherches dans la foule. Tu y crois encore.

Le son des sabots sur le sol est indescriptible et s'entend avec la chair, avec les nerfs. Les corps d'été vibrent au rythme du galop qui n'est pas un rythme mais un séisme, les enfants des dix-sept fiertés agitent les blasons de leurs clans car c'est une fête. Au Moyen Âge, sous le pas de la horde, on jetait les criminels confondus en une minute avec la poussière.

Il n'est pas venu. Gamine tombée du manège, tu parviens peu à peu à comprendre que c'est fini. Tu saisis alors le temps d'un éclat que cette fin est une grâce mais tu l'oublieras. Sur la place, un cheval manque de tomber mais ne tombe pas. Et tandis que les cavaliers, au corps à corps, continuent de penser vaincre l'animal, tu sais toi que c'est l'animal qui décide.

Trois heures plus tard, attablée à une terrasse du corso, tu bois seule et Clément est désormais un événement. Un avant le précède et se termine, un après le relaie et commencera quand tu voudras. Quand tu finiras ton verre, quand tu parviendras à remuer tes membres humiliés. Quand tu rejoindras la maison à la nuit noire, y entrant comme une ombre et comme reviennent les délurées, les déçues.

4 août, 15 : 15, TC 36,2°, FR 17/min, FC 80/min, TA 15

Dans le taxi, au sortir de l'agglomération de Sienne j'avais réussi à penser que disparaître c'était bien. Vingt bornes plus tard, qu'il s'agissait du Bien, le nom pas l'adjectif, le Bien avec un grand B comme Bible, comme Baptistère. Soit dit parce qu'on approchait de Florence qui de baptistère possède le plus beau, situé face à la cathédrale Santa Maria del Fiore, où j'aurais peut-être le temps de pousser une prière de bon fils avant mon vol, si le taxi se mettait une pile. Évidemment que le Bien c'était moi, puisque le Mal c'était elle, qui s'échappait d'un foyer aimant, et comme tel béni, pour sucer le premier venu en bagnole. Pauvre âme, elle déconnait à un point. Arrivé à Florence, endossant le costard sacrificiel du bâtard qui prend la tangente en Business (je ne compte plus les B comme autant de balises du bon chemin) je la sauvais, littéralement. En la perdant, je la sauvais. Quant à moi, c'était fait, puisque je regardais à nouveau dans la bonne direction. Tournez-vous vers moi et vous serez sauvés. Isaïe, 45 : 22. Ma mère a bien des torts mais il est vrai que sans les ressorts de la dialectique catholique je serais dans la nuit et certainement insomniaque. Le whisky du Juste, je l'ai pris à l'aéroport, les autres dans l'avion, offenses pardonnées et délivré de la tentation, qui dit mieux.

Ma conviction a tenu exactement une heure quarante-cinq. Je n'ai pas la foi assez chevillée au corps, maman, en dépit de vos efforts pour me l'enfoncer en laissant des marques. Atterri à Charles-de-Gaulle, je n'étais plus qu'une merde arrogante et désolée, dans cet ordre, arrogante plus encore que désolée, incapable de saisir mon téléphone et d'écrire « pardon », mon prénom à la suite. Personne auprès de qui m'en plaindre, puisque le chien était chez vous. Je m'adresse d'ailleurs à vous sans autre raison que son absence, pur exercice de style, n'y voyez aucune attention particulière.

Dans la cuisine sans lumière Véra t'attend sans rien faire d'autre que t'attendre, éclairée par la lampe du distributeur de glaçons. Tu prépares du café.

– À cette heure-ci, t'es sûre ?

Le sifflement de la cafetière Bialetti réveillera tout le monde, c'est vrai. Tu suspends ton geste. Véra va se coucher puisque tout va bien, puisque les chevaux n'ont pas voulu de toi. Et comme elle s'échappe du halo du Frigidaire, tu ne la vois plus.

Tu t'allonges sur le canapé pour y passer la nuit. Tu diras que tu avais chaud. Tu ne pleures pas encore. Tu sais sans l'avoir connu ce qui t'attend. Bientôt tu donneras n'importe quoi pour qu'il t'appelle. Tu prieras, tu retrouveras le chemin de l'enfance, celui des litanies quand le Bon Dieu était un guichet. Rendez-le-moi je serai sage. Tu te couperas les cheveux, croiser les hommes de sa taille ou de son prénom te déchirera de haut en bas. Tu seras méchante, Anna prendra sans raison sa première claque, tu baiseras ton mari et ça passera comme un orage. Tu iras peu à peu vers l'ennui.

Tu te lèves, tu trouves à défaut de café un fond de grappa. À nos amours. À nos guerres en dedans, en silence. Au couteau.

2 septembre, 08 : 15, TC 36,6°, FR 19/min, FC 80/min, TA 14

Aujourd'hui Papa, c'était la rentrée. Un jour dans l'année où on a spécialement envie de mourir chez les cancres et quand le RER est arrivé, je me suis encore surpris à évaluer la pertinence du projet. Mais tu me vois crever à chaque fois que j'en ai l'occasion ? On n'en finirait plus. Et toi tu finirais chez ma mère, ce qu'on ne peut souhaiter à personne, même pour rire. Donc RER, Grande Arche, tout ça tu commences à connaître, Escalator qui me gerbe sur l'esplanade, polygones, tour phallique de la Générale au premier plan, la nôtre à côté, plus tassée, l'ensemble donnant une première impression de la Défense. Un jeu à géométrie variable quelque part entre le Playmobil géant et le concours vain mais stimulant de taille de cylindre. Faux. C'est vraiment qu'une impression, il n'y a rien de plus sérieux, quelque part dans le monde, des gens en meurent. Ne va pas croire qu'on n'extermine que les bêtes. Et ne me regarde pas comme ça, tu me fais penser à elle avec le mal que je me donne depuis quinze jours.

Donc esplanade, tourniquet et direct au trente-cinquième, sans palier de décompression pour une réunion de fin du monde comme à peu près tous les jours, depuis deux ans. Le petit frisson de septembre en plus. Car les crises, comme les mariages, adorent le mois de septembre pour se mettre en scène, rapport à la douceur du climat en milieu tempéré et parce que tout le monde est rentré, prêt à regretter ses vacances. Septembre 1929, septembre 2008, septembre 2011, septembre 2020. La loi des séries nous prépare aux sueurs froides. Mais dans l'immédiat, au trente-cinquième, un 2 septembre, la question urgente c'est y a-t-il des nouveaux à l'étage ? C'est-à-dire des nouvelles, évidemment des belles car on assure un minimum de casting par respect pour les clients. Va-t-on recevoir de ces jolies surdiplômées qui adorent la thune mais ont déjà une stratégie patrimoniale en cours à base de fusion-acquisition maritale solide à l'ouest de Paris et ne comptent absolument pas sur moi pour les fabriquer ? Eh bien non. Cette année encore, personne qui corresponde à ce profil. À part Grette qui n'est pas nouvelle, déjà un peu sur le retour et, me concernant plus dans la partie depuis longtemps, depuis que j'ai essayé de l'embrasser sur le Paris-NY sans consentement verbal. Désormais je l'inquiète. Elle laisse toujours la porte ouverte quand on est deux quelque part dans un rare endroit de la tour encore équipé d'une porte, plus ou moins aucun. Elle ne prend aucun taxi avec moi. Je reconnais en ceci sa logique allemande, on ne saurait rouler la porte ouverte. Quand je vois le travail que c'est de ne plus avoir l'air d'un objet du désir en s'habillant comme ça, ça me passerait presque l'envie d'être une fille. Et ça, c'était pas gagné.

La deuxième question d'un 2 septembre sur la Banquise, non ce n'est toujours pas celle du revenu de l'épargne des ménages, qu'est-ce qu'on en a à foutre, on n'est pas l'Insee. C'est celle du bronzage. Pour autant, ce n'est pas un concours, enfin si. Et d'ailleurs le premier truc que j'ai constaté en arrivant c'est que j'avais perdu. Je portais le marron foncé fadasse de qui a fait des travaux d'extérieur en province chez sa mère qui ne le mérite pas. Ma nuque et les avant-bras cramés du type qui n'avait personne pour lui dire mets de la crème mon chéri, parce qu'une des personnes s'en fout et l'autre personne était déjà occupée à le dire à son mari et à ses gosses en Italie sans vouloir en reparler. Certes, j'aurais pu rattraper les marques du t-shirt à San Francisco, si tu m'avais sorti de l'hôtel au lieu de te contenter de pisser dans la douche. Et si on n'avait pas décidé de rentrer le surlendemain de l'atterrissage, certes. Quarante-huit heures, le temps de vider deux minibars à 250 dollars le plein, de faire monter une escort, 600 dollars. Je donne des chiffres pour me remettre dans le bain, c'est la rentrée. Plus 1 000 dollars de chambre, 1 200 avec le supplément bouvier bernois. Alors que c'était 400 le supplément pour un lit enfant, j'ai vu. Comme s'il y avait une différence de taille, un enfant ça court après une balle, ça chie dans le sable, et toi aussi tu préfères le sucre. Comme j'étais tout le temps bourré là-bas, ça m'a choqué cette différence de traitement. San Francisco c'est pourtant pas la capitale de la discrimination, il suffit de regarder sous les ponts, dans les Quechua : des Blancs. Donc 600 dollars pour lui parler de Laure à la fille, et à peine lui montrer mon bronzage de tondeuse à gazon. Je ne sais pas pourquoi je raconte, t'étais là. Elle était gentille avec toi Rebecca, elle voulait t'embarquer. J'ai dit non. J'aurais dû te laisser le choix, mais j'ai profité de ma suprématie dans la chaîne alimentaire. J'en étais où ?

Oui réunion, collaborateurs, bronzages. Donc j'ai perdu, ai-je pu constater ce matin. Une découverte faite une première fois en naissant en voyant la gueule déçue de ma mère et le papier peint de l'époque, des hibiscus noirs sur fond bleu, et se répétant à peu près tous les jours depuis. Ça s'appelle la condition, chez nous. Je te parle comme si on n'était pas tous les deux des émissions de sperme, t'as sûrement la condition quelque part dans un coin de la tête aussi, pour qui je me prends. Safia, patinée comme un bronze de Polès, avait de toute évidence fait du bateau. Mais aussi un peeling après, un truc léger chez un dermato pour s'éviter le côté Tabarly. Profond, hydraté, lumineux. Là-dessus, des cheveux encore plus chers qu'en juillet, souples et scintillants on aurait dit des draps. Chez Laure, les cheveux c'est de la paille, mais comme c'est beaucoup moins domestique on peut s'attendre à tout et finalement je préfère. Je préférais. Putain faut que ça rentre. Je préférais. Je note sans aucun rapport, juste pour le contraste, que Laure ne m'écrit plus et ne m'a jamais traité de connard. Elle n'est pas fâchée. C'est normal tu me diras, l'effet naturel à ne pas alimenter une flamme, ce n'est pas que la bougie pète un plomb. C'est qu'elle s'éteint. On doit en être là, Laure ne brûle plus. C'est ce qu'on voulait, Papa n'est-ce pas ? Pour une fois que j'ai voulu plus ou moins clairement quelque chose, on ne va pas se plaindre.

Rapport à l'épiderme, c'est Oliver qui gagnait avec le hâle du mec rentré une semaine avant les autres car le Groupe l'a rappelé le 10 août, il n'a pas pu finir de rien foutre, lui, il est important. C'est un bronzage impossible à imiter comme, à l'autre extrémité du spectre, celui des clodos. La couleur discrète et mourante du type qui travaille sous verre et se lave à l'eau municipale depuis déjà quinze jours tandis que toi, au titre de rouage pas complètement indispensable, tu te chopes des mélanomes dans la pelouse, tapissé d'huile de coco. Et pourquoi il est rentré Oliver ? On y vient, c'est justement l'ordre du jour.

Amin, le CDO, a trouvé un indicateur d'avancée de crise. Un chiffre dans un tableau qu'il est bien sûr le seul à voir et à comprendre, ce qui rend le truc parfaitement effrayant.

Amin, orange pâle toute l'année, a vraiment l'air mort de trouille et je suis jaloux. Pour mourir de peur il faut avoir de vraies raisons d'espérer, Papa, pourquoi il en a et pas moi. En plus, je voudrais que tu le voies cet enculé, il n'a pas du tout de ventre. Des cheveux indomptables plantés jusqu'en bas du front et devant les oreilles. Oliver aussi cela dit, mais lui ça lui a coûté 10 000 le bulbe, une implantation ratée avant que les boutures prennent et un bonnet noir qui grattait sa mère tout l'hiver, même à table. Amin nous a expliqué son chiffre sur un ton d'oie du Capitole. Silence. Comme tout le monde restait exceptionnellement muet comme moi, j'ai dû chercher autre chose pour me distinguer. Je n'ai rien trouvé alors j'ai toussé à l'ancienne, droit devant. Silence. Les autres étaient en train de chercher une absence de solution au fantôme de problème dans leur smartphone ou de trier leurs photos. Je me suis remis à mouliner, à écouter telle Camille Claudel, le quelque chose d'absent qui me tourmente, répéter Laure, Laure, Laure. Il ne fallait pas que le blanc général soit trop long car je pouvais lui envoyer un texto, juste pour faire un truc. Je le sentais monter, le SMS. Il était au niveau des cuisses, je le retenais encore. Elle me répondrait au quart de tour ma bougie, ou jamais. Dans les deux cas j'aurais fait une belle connerie en écrivant. J'ai essayé de parler du grippage des financements interbancaires. J'étais prêt à parler de tout, pour changer la fréquence de ma radio personnelle, mais Oliver m'a dit n'en rajoute pas. Mon message à

Laure était désormais dans l'estomac, je devais être tout rouge, je tenais le coup.

– Mesdames a dit Oliver, messieurs je crois que l'on a fait le tour.

Sur quoi il a demandé à Amin et aux filles de rester. Donc mesdames-messieurs dont on avait fait le tour, c'était surtout moi. J'avais le SMS pas tout à fait dans la gorge, plutôt au niveau du plexus.

Il n'y avait personne dans l'Espace communication, je m'y suis caché. Et puis Sybille est arrivée dans mon dos et m'a demandé depuis combien de temps j'étais là, à me tenir dans mes bras tout seul au milieu de la pièce, couché en PLS sur la moquette. J'ai bien failli lui faire une réponse honnête à voix haute. Je me serre depuis tout petit pour qu'on me retienne aussi de temps en temps, je ne peux pas toujours faire le boulot tout seul. Mais j'ai rien dit. J'avais le texto au niveau du lobe frontal, prêt à partir. Je me suis souvenu que je n'avais pas eu besoin de me serrer depuis la Saint-Jean, 23 juin.

Je ne dis pas ça pour me trouver des excuses. J'aurais préféré me casser une patte. Tu vas me dire, une patte en moins ça n'empêche pas d'écrire des SMS.

Le bus 27 t'emmène à Cergy-Université car tu n'as plus le goût de conduire. De l'avenue de la Poste au boulevard de l'Oise en passant par les Trois-Fontaines, tu vois dans ce paysage familier, un miroir tragique et dégoûtant. La tristesse des rues trop larges, des pelouses trop vastes pour être vertes, des bâtiments accablants de ces villes en ciment dites nouvelles et aujourd'hui déçues, te renvoie dans la gueule ton propre diagnostic. Tu es chaque matin plus navrée. En silence, tu répètes trente et un ou le nombre de jours écoulés depuis le 3 août. À quarante tu cesseras de compter car c'est le langage des folles. Tassée à l'arrière du car comme au temps des colonies, tu fermes les yeux sur le boulevard du Port. Tu t'exerces à sentir ton cœur vide, ta gorge détendue, ton corps entier sourd à son prénom. Puisque tout s'apprend sur le tas, même finir.

Campus, faculté des lettres et sciences humaines. Te voici à nouveau là où entrée à dix-huit ans tu finiras tes jours. Produit de l'enseignement gratuit démoulé puis conservé par la machine pour la perpétuer tu regrettes de n'avoir rien su faire d'autre que recopier. Si encore tu constituais un enseignant décent. Mais tu ne travailles plus, répétant des cours chaque année presque inchangés. Devenue paresseuse à force de vivre contre toi, tu as lutté à vide et la lutte t'a vidée. Aujourd'hui qu'un amour de restaurant t'achève, tu sais qu'il te faudrait du courage et tu vois clairement où tu l'as dépensé, à entrer dans cette forteresse dont tu n'as jamais su partir. Tu t'exerces ainsi à l'amertume, entre le hall et le distributeur de gel sanitaire. Décidément tu vieillis. Tu n'as plus besoin de ta mère pour te démolir la baraque, tu te désavoues désormais très bien toute seule. Tu t'exerces à retrouver l'ironie qui finira d'anéantir en toi l'amoureuse de l'été.

À l'entrée, le distributeur de désinfectant est vide. Tant mieux, dis-tu à Catherine, la cheffe de département, qui s'en émeut. Il faudra bien se laisser entièrement attaquer par cette merde, connaître enfin ce qui vient après. Tu t'exerces à la défaite.

Le conseil de département est parvenu à rassembler au moins deux tiers des enseignants, un taux de présence qui, pour un 2 septembre, s'apparente au carton plein. Chacun a su s'éviter un bronzage trop prononcé et les remarques assassines qui fusent ici pour un rien, pour un air de se défoncer moins que les autres pour ses 1 900 euros nets. Vous êtes supposés élaborer des contenus pédagogiques depuis le 10 août et de toute façon personne n'a vraiment les moyens de préférer autre chose que le nord du Portugal, l'Italie, le haut de la Bretagne, les vols courts pour Prague et Amsterdam. On parle de la rentrée des enfants. Tu tais ta pauvre victoire de fin d'été : Véra a accepté de reprendre les cours dans un établissement privé qui naïvement a accepté qu'elle y entre. Tu allumes l'écran de ton PC pour la première fois depuis juillet. Il n'aura jamais aucune idée de la peau de Clément, son odeur de hêtre et de sucre, vos accords bruts sous les oliviers, vos sommeils commencés. Catherine déballe son systématique cake aux dattes. Il est juste un peu cramé, pardon, elle était au téléphone, si quelqu'un veut se dévouer pour manger le talon, il est bon sous la croûte. Quelqu'un a-t-il imprimé les emplois du temps, tout le monde a-t-il pris connaissance de l'ordre du jour, en l'occurrence la tuile ? En juin, une centaine d'étudiants avaient choisi notre formation sur Parcours Sup, on avait conservé les soixante meilleurs. Or, seulement vingt-sept ont confirmé leur choix dans l'intervalle, les autres ont trouvé mieux ailleurs et on ne l'apprend qu'aujourd'hui.

Tes collègues s'indignent, pas toi. Tu savais déjà qu'entre juin et septembre tout fout le camp. Tu le sais depuis trente et un jours.

Il va falloir meubler ce diplôme, développe Catherine, si on veut l'ouvrir la semaine prochaine, et chercher au fond des listes d'attente, les recalés inscrits nulle part à ce jour.

– Les déchets, traduit Kader, déplorant cette pêche aux moules désormais annuelle, ce pouvoir laissé à une interface aveugle de paralyser un département universitaire. Jean-Michel, d'un esprit plus pratique demande combien. Combien faut-il récupérer de jeunes dans la nature pour remplir un volume d'amphi satisfaisant pour le ministère. Et puis une inconnue soulève une question qu'on essaiera, aussi longtemps que possible, de laisser sans réponse, quel est l'effet, sur le niveau des diplômes, de ce remplissage par le bas.

– Oh pardon ! l'interrompt Cathy, je vous présente notre nouvelle attachée temporaire d'enseignement et de recherche, Anne-Laure Vintemillia.

– Tiens comme ma sœur, dis-tu faute de mieux.

– Tu as une sœur ? s'intéresse Jean-Michel, on peut la voir ?

– Enchantée, dit Anne-Laure.

Bonjour Anne-Laure et félicitations. Les candidatures étaient nombreuses et les candidats retenus étaient, sous l'effet couplé de la multiplication des doctorats et de la raréfaction des postes, surqualifiés, intimidants.

La petite nouvelle se voit confier la présentation du nouveau protocole sanitaire aux première année et le TD « méthodes de recherches sur fonds numérisés ». Elle dit merci, elle pense les salopards.

Tu as été cette fille. En plus farouche peut-être, moins fine, plus attardée, Radio Head dans un casque Sony analogique. Tu dessines des formes circulaires et végétales au Bic sur un bloc à en-tête de l'école doctorale.

– Vous travaillez toujours sur les noms d'époque ? te questionne l'Ater avec un anachronisme qu'elle ne peut qu'ignorer.

– On peut se tutoyer Marie-Laure.

– Anne-Laure.

Quelques années auparavant tu aurais invité cette chic fille à prendre un thé, dans la vraie théière en fonte de ton bureau. Tu aurais cherché à la faire rire, savoir d'où elle venait et pourquoi tant d'efforts pour ça. Le cake aux dattes est très entamé. Catherine a le plaisir de nous annoncer que le département recrutera l'an prochain un nouveau maître de conférences. Bien sûr on ne peut rien promettre, mais le profil du poste paru cet été est proche de celui de l'Ater qui aura fait ses preuves d'ici là. La vie est bien faite, n'est-ce pas Anne-Marie.

– Anne-Laure, dit Anne-Laure.

– On a terminé ? remballe Catherine, régnant faute de mieux sur les miettes de son cake.

– On ne parle pas des contenus pédagogiques alors ? s'inquiète Anne-Laure.

À ce train-là, elle va se retrouver avec l'organisation des portes ouvertes, tu devrais décidément lui parler. Catherine t'a vue noircir des feuilles et se félicite que tu aies pris des notes en l'absence de la secrétaire de département, encore bloquée à Lannion, Bretagne Centre, chez ses parents. Ainsi pourras-tu taper le compte rendu, elle dit le CR, et l'adresser à tout le monde. Moi j'ai fait le cake, rit-elle mais pas tant que ça.

Ton téléphone vibre.

Tu lis ses mots flous dont le signifié n'a aucune importance. Quelque chose en toi se dénoue et tu es soudain en juillet. Tu souris si fort qu'on te voit nue.

– T'as une bonne nouvelle, toi !
– C'est le financement du ministère pour le colloque ?
– On va l'annoncer sur Fabula, tu as une accroche ?

Oui. L'amour est un objet d'abstraction infiniment projeté par les dispositions du sujet à en oublier le coût.

– *Non ancora.*
– Pardon ?
– Pas encore. Je vais réfléchir.
– T'as pas envie qu'on en parle maintenant ? On pourrait trouver ensemble.

Tu as envie de trouver un prétexte pour retrouver Clément dans l'heure sans passer chez toi, rester la nuit contre lui, ayant inventé n'importe quoi. Une réunion de rentrée tardive puis une agression sur la ligne B qui t'aura fait demeurer en gare. C'est possible après tout. Le chaos est toujours à quelques mètres.

– Je vais me débrouiller mais merci.

Tu repris l'histoire de l'amour comme d'un jour à l'autre. Tu repris l'habitude nouée avec le mensonge et la chair. Ce fut octobre.

20 octobre 23 : 15, TC 37,1°, FR 19/min, FC 88/min, TA 16

Laure est presque entièrement épilée et mange des légumes, des pâtes, du fromage, peu de viande. Elle boit un peu de vin à table, laisse toujours le pain, dort beaucoup, principalement entre 23 et 9 heures du matin, sauf quand elle fait cours, c'est-à-dire pas tant que ça. Elle se couche alors à 22 heures et se lève à 6. Je te dis cela car ce sont les seuls faits indiscutables dont je dispose. Pour le reste, je n'ai que des impressions, beaucoup trop positives pour constituer un compte rendu objectif de la réalité. J'ai l'impression qu'elle est encore plus heureuse qu'en juin lorsqu'elle me voit, qu'elle souffre davantage de mentir, que du colloque pour lequel nous nous sommes initialement rencontrés, elle se fout désormais. Son colloque c'est moi. En prévision des vacances de Noël, elle a réservé un séjour dans une station de ski pour sa famille alors qu'elle ne risque pas de pouvoir les accompagner : elle souffre du mal de montagne, au dernier degré, elle préfère la chaleur. Elle me l'a dit comme ça, en passant. J'ai l'impression qu'elle veut que je l'emmène quelque part au soleil, cet hiver.

De manière générale j'ai l'impression qu'elle attend du spectacle.

Tu vois, quand on commence à s'intéresser aux impressions, c'est sans limites. Ça fait partie des choses dont on ne peut pas toucher le fond, comme la connerie. D'où angoisse, suffocation, urgence de revenir à pâtes-légumes-fromage, dernière variation du CAC 40 et remise à niveau des croquettes hypoallergéniques dans ton assiette, dis pas merci. Je pourrais en rester là. Or Laure, qui ne recule devant rien de ce qui ne se fait pas, m'a demandé si elle me rendait heureux. Ça m'a laissé tout de même devant un vide juridique, je n'avais que ces impressions vaseuses et aucune preuve à me verser. Pas d'indices, pas de données. J'ai donc dit non, car ça fait assez d'une qui ment. Elle a très mal réagi, le ton est monté, elle a payé son verre jusqu'au ridicule, elle s'est barrée et depuis je regrette.

Depuis je cherche des preuves à lui fournir et figure-toi que ça se trouve, les indices du bonheur. Il s'agit d'un dosage hormonal, c'est une prise de sang, c'est 200 balles. Ce n'est pas accessible à n'importe qui car ce n'est pas remboursé. On n'a pas spécialement intérêt à ce que les ouvriers s'aperçoivent, chiffres à l'appui, qu'ils sont pauvres de partout et que se faire niquer jusqu'à la moelle c'est pas une expression mais un fait scientifique. Ils pourraient s'énerver, je veux dire vraiment. On devrait alors vraiment faire un truc sur le pouvoir d'achat, voire en donner. Et les pingouins ne voudraient rien lâcher, la Banquise serait encerclée, on devrait tirer dans la foule, mon Dieu j'ai soif. Bouge pas, je vais me servir un autre verre. Je te rapporte un Aspégic, je n'aime pas te voir trembler comme ça.

Voilà. Le verre c'est pour moi, le bol c'est pour toi. J'étais sur le dosage hormonal. D'après mon médecin, j'ai tous les indicateurs de la joie au taquet. L'ocytocine, la dopamine, la sérotonine, la phénylathylamine. Les endorphines je ne sais pas mais ça doit être un festival. Je t'ai cité là rien de moins que les hormones du bien-être, qui, mélangées, forment une composition tout à fait euphorisante expliquant mon actuelle et inhabituelle capacité de survie. Imagine qu'on t'envoie sous la peau l'injection gratuite la plus chère du monde. Car au fond, il y a un prix. C'est voler une femme, mais justement ça s'oublie. Ça fait partie des bénéfices, tu t'en contrefous du prix. Sache qu'en l'absence prolongée du stimulant tu peux te laver le sang en dix-huit mois et revenir à l'état pénard et malheureux. Oui c'est long, mais pas tant que ça. Pour l'héroïne, compter dix ans pour un nettoyage de fond, voire cinquante si t'es dans la musique.

J'ai d'autres preuves. J'ai fait une liste pendant le Comex, un inventaire comme on dit chez les stylistes. Chez les épiciers aussi mais c'est pas du tout le même exercice. Un inventaire des bons moments matérialisés. Quand la joie se sent comme 28 degrés sur la peau, quand elle s'entend, grouillante et symphonique, comme des bestioles en été alors qu'il peut pleuvoir comme vache qui pisse. Ces moments-là. Je te donne une image qu'éventuellement tu peux comprendre et surtout parce que je m'emballe, je dois avoir une remontée de dopamine. Je me lance, en un. Enfin en un ou en vrac, on n'est pas obligé de tout classer dans l'inventaire, l'essentiel c'est ne rien oublier car c'est une pièce officielle. En un, la fois au parc de Saint-Cloud où je me suis endormi sur son ventre que je connaissais à peine. Elle a caressé mes sourcils. J'ai demandé tu as des horaires, elle m'a répondu j'ai tout mon temps, dors. Putain. En deux, le jour où j'ai fait sa rencontre et où j'ai la certitude que c'en était une. Qu'on se revoie ou non. Je vais me répéter mais il faut savoir qu'il ne se passe jamais rien et quand par hasard il se passe quelque chose, on le sait systématiquement après. Sur le moment ça te passe surtout au-dessus. Alors quand il se passe et qu'en plus ça te passe par le corps, c'est la vie animale dans toute sa splendeur. La fois où je suis entré dans l'amphi à Cergy où elle donnait cours et qu'elle ne m'a pas vu. Elle parlait d'un truc chiant, mais chiant, et j'ai bien vu qu'elle aimait les gamins plus qu'elle le disait. Elle avait les cheveux gras, un chemisier d'une bouleversante laideur, c'était un jour où nous n'avions pas rendez-vous. Elle avait des cernes, elle se massait les paupières et disait, citant un héritier de Bourdieu, de la dissonance des individus naît l'harmonie de leurs préférences. J'avais l'impression que c'était ma femme. J'avais une envie folle de sortir un classeur mais j'étais venu comme j'étais, à vide et complètement dissonant. La fois au cinéma. Elle était en jupe avec des collants. Je lui caressais distraitement le haut des cuisses et je me suis aperçu qu'il y avait de la peau entre le collant et la culotte. C'étaient des bas. Je lui ai caressé la chatte en libre accès jusqu'à ce que Gary Cooper sorte de taule. C'était un vieux film au Champollion qui en a vu d'autres. Le Champollion est debout depuis soixante-trois ans avec libération des mœurs dans l'intervalle, j'étais pas son premier filou. Quand j'étais gosse je me posais sérieusement la question du point de vue des acteurs, du muet à nos jours, sur le comportement du public en salle. Eh bien ce jour-là Laure me l'a posée : qu'est-ce que Cooper pense de nous, à ton avis, de son côté de l'écran ? J'en étais baba. La fois où on a mangé elle des frites et moi des œufs mimosas dans une brasserie avec rien à se dire, juste à écouter la conversation des voisins. Deux très vieux types qui s'étaient connus à la permanence du RPR. J'étais bien. À un moment l'un des vieux types a parlé de Philippe Seguin comme d'un ami, dans la salle ça sentait l'huile de friture recuite. On a très bien fait l'amour après. Je sais, c'est con. La fois où je lui ai demandé au lit qu'est-ce que tu fous avec un mec qui vit avec un chien, qui bande une fois sur deux, qui va avoir cinquante ans à la première occasion et qu'elle a ri à n'en plus finir. Et encore quatre ou cinq autres fois que je t'épargne.

Entre ces moments-là, c'est dormir, manger, pisser.

Tu vas me dire, ça ne parle quasi que de cul. Elle me dirait, pas toi. Toi j'imagine que si tu pouvais dire quoi que ce soit tu commencerais par demander pourquoi on ramasse tes crottes avec les doigts dans un sachet en plastique. Je te dirais parce qu'on nous le demande. Il y a eu une décision et une circulaire préfectorale. Et là tu regretterais d'avoir accédé cinq minutes au langage, tu te remettrais sur *off* pour toujours et on serait deux à picoler.

Ce matin-là, parce que tout portait son nom, l'odeur du café, la vapeur de l'eau chaude, un certain vert aux fenêtres, un certain vent, parce que tu étais vaincue et que tout le monde dormait, tu as téléphoné à ton secret debout dans le salon. Il a décroché, il partait courir.

Tu as bien regardé dans le vide l'illusion en face et tu as dit je t'aime. Le silence est parfait avec la 4G, il ne crépite pas, on entend tout. Les souffles, le bruit du tissu et ce qui d'immense, précède les mots. Il a passé sa main sur sa barbe de huit heures et tu as entendu par l'oreille que tu collais enfant sur les coquillages, tu as entendu bien avant qu'il le forme, son moi aussi. Le silence avait ce grain lourd, ce poids de terre qu'il n'a jamais. Si tu oublies tout, tu entendras longtemps cette seconde.

Peu après Véra est entrée, sans aussitôt venir t'embrasser.

– Dis bonjour mon ange.

Elle s'est retournée, a frotté ses cheveux noirs sur ta joue, elle dit bonjour ainsi comme un chat depuis la maternelle, dans une odeur de plume, de shampoing et de tabac. Tu dis avoir fait du café car c'est vrai aussi. Tu dis qu'il reste du pain d'hier.

– Pas faim

– Ça ne va pas ?

– Bof. Si.

Dehors un certain vert, un certain vent.

– Tu vas être en retard. Je t'aime.

– Ouais. J'ai essayé mon fute pour le ski, il est short. Je prends des sous dans ton sac.

Anton et Véra se croisant sur le seuil de la cuisine, se saluent d'un grognement non dénué d'affection. Cinq ans pour lui faire mettre autre chose qu'une culotte au petit déjeuner, calcule Anton, ça devrait nous en prendre dix pour qu'elle dise bonjour en français. Il a envie de l'emmener skier comme de se pendre. Ton idée de cohésion familiale va lui coûter 1 700 balles, c'est important de connaître le prix de ses lubies.

Le pain d'hier a brûlé.

– Et merde ! Laure !

Tu fermes les yeux. Tu penses à tes jeux d'adulte.

30 octobre, 14 : 15, TC 36,6°, FR 19/min, FC 88/min, TA 16

Elle a dit je t'aime et c'était à moi qu'elle pensait. Je suis parvenu à pleurer, mais vraiment, sans rire, et j'ai failli appeler ma mère pour lui dire. Je soupçonne en effet ma mère d'avoir ordonné sur mon berceau une malédiction obscure et médiévale : dès lors que moi, sa mère, je suis incapable d'aimer ce truc, qu'aucune autre femme n'y parvienne, ainsi soit-il. Jusque-là ça fonctionnait du tonnerre de Dieu. On ne m'avait adressé, et encore rarement, que ces je t'aime superficiels susurrés en milieu ou fin de coït, par des filles trop éduquées pour dire baise-moi ou trop compliquées pour dire merci. J'ai hésité à rendre grâce et je l'ai fait, quasi convaincu et à voix haute, entre le parking et l'Espace accueil, j'ai répété dix fois, merci Seigneur Jésus, ce qui va nécessiter un jour une note de bas de page. Je ne suis jamais trop rentré dans le catéchisme avec toi, vu que t'es déjà allé petit au centre de dressage de Maisons-Alfort. C'est difficile à expliquer, Jésus c'est celui qui dit je reviendrai. Une promesse de Don Juan insortable sans rougir et pourtant on est toujours dessus. Il reviendra. Le jour où je te dis ça, sache que j'ai pris mes dispositions. Donc merci Seigneur, disais-je à voix haute.

– Quoi ? a répondu Andrea la plus vilaine des standardistes et je l'ai complimentée sur l'imprimé maladivement botanique de son chemisier.

Et toute la journée comme ça. J'ai validé les demandes de stage les plus infondées de l'histoire de l'exploitation de l'homme par l'homme, je me suis répandu en bienfaits, j'ai fait attendre Grette dans l'Espace interactions comme une moins-que-rien, juste pour rappeler Laure dans les toilettes. Elle m'a appelé mon cadeau. Elle a dit des tas de choses à quoi je n'avais qu'une réponse, oui. J'étais à la fois dedans et dehors et ça faisait un bien fou de sortir de ce putain de sac d'os. Je m'écoutais dire je t'aime et l'entendre mais je pensais, avec ma seconde de décalage de mec qui n'y sera jamais complètement quoi qu'on lui fasse, je pensais déjà : c'est moi qui l'ai vécu.

J'ai déjeuné sur *on* avec Amin, j'ai parlé jusqu'à ce qu'il me demande d'arrêter de cracher mes virus ARN sur son tajine de bœuf. J'ai dit Laure sans aucun rapport à tous les sujets, y compris les plus lointains comme les obligations RSE sur l'impression papier des mails. Je n'imprime que les mails de Laure, ai-je avoué au fromage, toute honte bue.

– Mais elle est mariée cette fille ? a-t-il réussi à en placer une.

– Non.

– Tout est possible alors.

Pourquoi il a dit ça, de quoi je me mêle. J'ai paniqué et j'ai éteint.

Anna voulait apprendre à danser depuis l'année dernière. Tu as trouvé un cours qui justifie de traîner ta gamine sur deux lignes de RER, quatre stations de métro avec changement, environ une heure porte à porte. Elle ne se plaindra pas. Les enfants sont naturellement domestiques et le resteront car rien de ce qu'ils voient n'enseigne autre chose qu'apprendre à s'enchaîner. Tu n'avais jusqu'ici rien à faire dans le quatrième arrondissement de Paris. Maintenant Anna est inscrite à la danse. Tu mens et tu t'organises.

Dans les vestiaires, les enfants au teint clair se déclinent encore en potelés et en fusilignes, en Repetto et en Décathlon. Quand le professeur les appellera, ils seront confondus à la barre dans un seul rang pastel, nuques égales. Devant le grand miroir, Anna compose avec le trouble de ressembler à ce point. Toi aussi, tu as voulu danser à cet âge. À la place tu t'es battue.

– Tu restes d'accord maman ? Les autres elles restent, elles se mettent sur le côté pour regarder.

Elle veut que tu t'attardes à contempler ses mouvements indécis, que tu échanges avec les mères disponibles des commentaires fascinés quant aux progrès moteurs de vos descendances. Tu n'es plus cette femme-là depuis des mois, et quand tu l'étais, tu jouais.

– Je ne peux pas, chérie.

Tu invoques le flagrant tas de copies à corriger que tu transportes avec toi. Tu vas t'installer avec elles dans un bar tout près, le Balthazar ou quelque chose comme ça, au 32. Tu supposes que le 32 existe. Le mensonge se mue en nature autant qu'il t'épuise, tu ne fais plus aucun effort.

Tu traverses la Seine et tu es à cinq cents mètres, quai de l'Horloge. Tu n'as pas vraiment prévenu, tu confonds comme une gamine la surprise et l'érotisme.

5 novembre, 15:15, TC 37°, FR 19/min, FC 88/min, TA 13

Le samedi, j'ai un programme. Je traîne avec Papa au bord de l'eau, je vais chez le coiffeur, je lis n'importe quoi acheté à l'instinct sur un quai. C'est ainsi que samedi dernier, j'ai lu *Scènes de la vie d'acteur* de Denis Podalydès, trouvé pour quatre euros dans la boîte juste après le pont des Arts, en face du musée de la Monnaie, et que ce matin, j'ai commencé les Mémoires de François Léotard. Aucun point commun sinon que les deux parlent assez peu de leur frère, voire pas du tout. Le samedi, je ne supporte aucune nouvelle de la Banquise mais la plupart du temps j'en ai, et finalement ça m'occupe, entre mes lectures. Je mange n'importe quoi que Papa aura suivi truffe au vent, sur le marché. Aussi ce samedi partagions-nous cinq ou six boulettes d'une viande aux origines non tracées, définitivement perdues dans une sauce orange, avec du basmati autour. On était bien partis chacun chez soi pour se taper moi tout le riz et Papa les boulettes, quand a retenti le *ré* majeur. Le dring de la porte d'entrée de l'appartement, c'est un *ré* majeur. J'ai fait du piano. Et ça insistait, et on n'attendait personne. C'était donc quelqu'un sans transition sur le palier, possédant le code de la porte sur rue. J'ai espéré un recommandé ou Amazon avec la couette pour Papa qui depuis peu tremble la nuit.

Mais c'était Laure, son joli corps avec elle, qui ensemble me barraient la route. Soit dit si j'avais eu dans l'idée de forcer le passage, tête la première.

– Tu m'avais prévenu ?

– Bonjour.

Très violent. On ne s'était jamais parlé comme ça. J'en suis resté comme deux parts de flan. Elle en a profité pour entrer dans mon samedi.

– Oui plus ou moins.

En effet. C'était vaguement suggéré sur la messagerie gratuite dont j'ai désactivé les notifications depuis une semaine. Elles me réveillent Papa qui dort très mal la nuit vu qu'il dort désormais toute la journée, rapport à cette maladie chronique qu'il n'a pas.

Impréparé, j'ai été très légèrement désagréable. Le temps de servir le reste du plat à Papa, lui expliquer, fermer la porte, j'ai fait attendre Laure debout dans l'entrée. Elle a pris ça pour l'expression de mes sentiments. Elle eut ensuite l'impression de déranger et comme j'ai mis un certain temps à trouver comment dissiper cette trop brillante intuition, elle a dit d'accord, merci, charmant. Elle n'avait fait après tout qu'une heure de transport en commun. Elle s'était simplement organisée depuis des semaines pour cet après-midi et moi j'étais ce con avec son petit programme.

Je ne pouvais pas raccrocher, elle était là, avec rien entre nous, simplement de l'air, mes lunettes de presbytie et à peine de vêtements. J'ai fait bouillir de l'eau pour l'écran de vapeur, c'est déjà ça. Je me suis collé de la buée plein les verres et ça allait mieux avec du thé entre nous. Elle répétait mais parle Clément, pour l'amour de Dieu, tu ne réponds plus, tu n'appelles pas. Elle disait une semaine c'est long, ça rend fou, mets-toi à ma place. Je me suis surpris à imaginer la chose une seconde, moi à sa place. Je passerais la journée à me toucher les seins. Le drame c'est que j'étais sur *on* à ce moment-là. Elle a entendu.

– Pardon ?

J'ai répondu rien, pardon, je ne sais pas ce qui m'a pris, c'était pour rire. Mais trop tard. Elle allait, m'a-t-elle annoncé, boire son thé et se barrer. Elle a cherché des tasses sans demander. Elle n'en a trouvé qu'une, a demandé où étaient les autres mais je n'avais que celle-là. Ou des verres. La tasse a dû dire quelque chose de très juste pour ma défense car après l'avoir tournée dans ses mains plusieurs fois, elle a enfin retiré sa veste et m'a embrassé. Elle a encore répété parle-moi, car dans son monde ce n'est pas du harcèlement, c'est normal. Je l'ai prise dans mes bras, c'était ça ou la balancer par la fenêtre mais je pense sincèrement être amoureux.

Reste qu'une ambiance de merde ne se volatilise pas comme ça, sans compter l'odeur des boulettes. On a fait l'amour comme on allume la radio en bagnole, c'était nul, j'étais ailleurs. Après quoi, elle m'a interrogé à nouveau sur mon silence. Papa s'est mis à geindre depuis sa chambre. Laure a voulu savoir de quoi il souffrait, il devait selon elle être malade. En l'embrassant, au maximum de la retenue niveau révolte et fous-moi le camp, j'ai répondu tu n'es pas médecin mon amour. J'ai dit que Papa devait courir, lui aussi avait ses impatiences. J'ai dit qu'en bas le café était presque bon. On est descendus, on a pris du blanc, elle faisait à nouveau la gueule, elle a voulu se balader, tant mieux, Papa aussi.

L'appartement de Clément est celui d'un homme seul, une femme de ménage a pris sur les lieux un pouvoir ancestral pour 13 euros de l'heure en chèques Cesu. Mobilier déjà vu au Bon Marché ou au musée des Arts décoratifs, fleurs blanches achetées la veille. Tu étais prête à aimer n'importe quoi même le rococo, même la saleté, tu étais, telle qu'à chaque rendez-vous, prête à changer. Il s'excuse d'un désordre cliniquement inexistant et de l'imperfection des vitres, d'une transparence cristalline.

– Tu ne m'as pas appelée. Tu n'appelles jamais.

– Je ne sais pas si je peux, dit-il.

– Te demande pas, appelle.

– Tu bois un truc ?

Vous auriez eu besoin d'un peu d'alcool. Il te déshabille vite, te trouve à travers la soie lavée et le cachemire italien quatre fils puisque tu ne te refuses plus rien. Sa peau est plus douce que la tienne, il est désormais aussi mince que toi. Tu t'entends l'interroger sur son poids, il te répond soixante-six, soixante-sept. C'est trop peu d'après toi mais parfait d'après lui, chaque kilo de perdu valant cinq secondes de gagnées par kilomètre. Tu mets un moment à comprendre qu'il parle de course à pied. Tu le fais répéter tandis qu'il détache tes cheveux.

Vous faites l'amour sans défaire un lit parfaitement tiré comme à l'hôtel, à la caserne, comme les rideaux, comme ses costumes. Tu crains de l'aimer pour toujours et tu le dis comme on dit ça. Tu dis prends-moi. Mais tu lui fais peur, quelque chose en lui recule comme souvent. Alors tu tombes à genoux au bord du lit, à hauteur de ses hanches. Tu le choisis lui pour demander à un homme pour la première fois de jouir dans ta bouche. Tu fermes les yeux, comblée mais de quoi. Tu fixes le noir comme un écran. Surgit l'image d'Anna qui, deux ou trois rues plus loin, découvre étonnée l'ivresse du mouvement, son corps au rythme des autres. Un montage parallèle brutalement symbolique, déploie sur le blanc une alternance de femmes à genoux, de fillettes en tutu tournant sur du Schubert. Tu l'obtiens et il retombe sur le dos.

Dans la cuisine, le chien aboie pour rien ou pour toi. Clément voudrait que tu cesses d'avoir peur, l'animal le sent et s'en inquiète. Il te propose un verre, en bas. Tu penses qu'il veut que tu sortes car tu es chez le chien.

Autour d'une table touristique vous finissez vos verres de chablis tiède, éloignant pour la seconde fois un marchand de roses qui n'insiste pas beaucoup. Vous trouvez en cherchant quelque chose à vous dire. Tu apprends par exemple qu'il n'a jamais été fumeur et envisage de commencer. Vous vous taisez à nouveau.

Soudain, sur vos sourires fatigués et vos verres vides, tombe entre vous comme une lame, l'idée fixe de vos disparitions.

Tu penses nous ne tiendrons pas.

En fermant les yeux, tu peux voir venir les après-midi de l'hiver. Quand les corps hésiteront à connaître leurs limites, que le désir battu d'avance ploiera comme un présage, quand il s'endormira une heure avant que tu partes et que tu ne lui pardonneras pas. Quand tu rentreras à la maison par le train, épuisée de disparaître, de mentir. Quand tu laisseras Anton apercevoir l'image qui nuit et jour te contamine. Toi et un autre nu, vous atteignant dans la pénombre d'une chambre. Car cette image-là, saturée et saturante, elle finira par se voir même sur les murs. Quand Anton, ébloui, insomniaque, te demandera de jurer que c'est faux, que l'image écœurante qui l'assaille ne lui appartient pas. Qu'elle sort de nulle part n'est-ce pas, de l'épouvante, de la très ancienne terreur que les propriétaires ont des loups et des vandales. Quand toi tu ne l'aimeras plus assez pour lui dire oui, c'est ça, tu délires, c'est juste la peur imbécile et féodale, dors. Quand tu lui diras le contraire. Tu ne rêves pas, Anton, tu sais. La femme avec un homme, dans la pénombre, c'est moi. Je m'en vais.

Quand tu diras à Clément, par téléphone, j'arrive.

Quand il, Clément, aura alors trop de travail, de voyages ou d'ennuis pour te répondre à l'instant, quand tu lui laisseras du temps et puis encore un peu. Quand tu chercheras un appartement avec une chambre pour les filles. Quand tu seras seule dans ton deux-pièces, et seule au bout du langage. Quand tu attendras en vain que Clément dise à ta place le mot d'après, je viens ou je t'aime ou même le mot fin. Quand il sera alors invisible, caché dans sa fatigue d'être un homme plutôt qu'un chien. Quand il renoncera à la parole, à l'épuisante verticalité, quand il se couchera, décidé à rien sinon à laisser la défaite infuser sans la dire. Quand le silence vous fera alors ce que le mercure fait aux vergers, à l'eau des sources : pourrir en un an votre passé, vos fictions, ton idée de lui, son idée de toi, vos images, tout. Quand il ne restera rien de cela qui pourtant te tient vivante. Tu penses à ce jour-là.

– Laure ça va ?

Tu voudrais savoir lui dire qu'à cette solitude, tu ne survivras pas. Soudain tu veux que quelque chose ait lieu avant, n'importe quoi même une catastrophe alors tu dis :

– On se barre ?

– Pardon ?

Tu l'as dit dedans. On ne t'entend pas. Tu sais bien qu'il faut ouvrir la bouche

– Rien.

Il t'apprend que tes yeux s'embuent. Tu connais, lui dis-tu la mélancolie postcoïtale ou la brûlure du réalisme. Ah, dit-il, moi c'est tout le temps.

5 novembre, 16:05, TC 36°, FR 15/min, FC 80/min, TA 13

Hôtel de Ville, rue de Rivoli, rue de la Verrerie, rue du Temple, Papa nez au sol sur cinq cents mètres, découvrant fasciné la pisse de rive droite, prend des allures de chien des stups qui lui vont très mal. Laure ralentit au 40. Au 42 une porte à battants lâche un flot calme de gamines domestiques, dressées, coiffées, maquillées. Tiens de la traite de Blanches, dis-je sur *off*, car c'est possible. Le vent tourne et à nouveau tout s'achète. Non. Elles sont simplement fatiguées, polies. Ce sont des danseuses. Parmi elles l'une qui crie maman, qui vient s'abattre aux genoux de Laure, qui l'appelle ma chérie. Papa qui aime les enfants, sourit comme un con. Inévitablement la petite veut savoir c'est qui.

– C'est Clément.

Elle c'est Anna. Et moi j'apprends que je suis un collègue de maman, qu'on travaillait. C'est la meilleure.

– C'était bien ma chérie ?

Au secours.

C'est décidé, je serai ce mec-là. Celui qui fuit comme un porc en pleine rue, qui déjà cherche une issue de secours. À l'est, un bus, le 38 Saint-Lazare. Au sud, des vélos en libre-service. En face, tout près, un gamin, skate sous le bras, venu attendre l'une des ballerines. Voilà qui est plus normal que nous trois. Si ce n'était affligeant, cinquante ans sur un skate, si j'avais un peu de libre arbitre, je lui arrachais sa planche au pauvre gosse et adieu triste amour. Mais Laure envoie Anna saluer ses amies. La gosse hésite, comme inquiète, doit se demander pourquoi un chien de montagne au bout d'une corde, au bout du collègue pour soi-disant travailler, un samedi. Elle n'est pas très jolie, n'a rien de Laure ou presque, une légère mélancolie peut-être. Elle doit ressembler à son père, un visage plein, présent, tenace. Je le vois exactement comme ça, ce con : lourd mais essayant de tenir sur des pointes. Elle a de Laure le truc dans les yeux, le truc des filles qui prennent soin. De soi, du prochain, du faible, du petit chat. De l'ordure. Elle tombera sur des comme moi. Elle nous laisse et rejoint l'essaim, je dis à Laure pourquoi tu me fais ça, t'es folle.

– Parce que c'est réel, c'est ma vie.

Non aujourd'hui c'était la mienne. Et en plus du reste, il faut se cogner les tiens-je-te-présente-ma-gosse en bas de chez soi, encaisse et si tu veux choisir quelque chose, il y a les vins sur la carte. Comme d'habitude je n'ai de souverain que le choix de partir alors je pars.

– Clément ne file pas comme ça, sans rien dire. S'il te plaît.

Le jour décline, Anna te récite la table de cinq et les affluents du Rhône, tandis que tu prépares le dîner dans des vasques familières. Évier, plats, sauteuses. Tu tentes ce soir de constituer sur un morceau de poisson gras une croûte d'herbes et de farine. Tu as vu ou mangé cela, tu ne sais plus où, tu voudrais le réussir et tu t'y mets tout entière. Tu penses que c'est encore possible, qu'on peut résister au désir de tomber plus bas, qu'il suffit de se droguer un certain temps, de s'accrocher aux manches des casseroles. Véra apparaît, attirée par l'odeur, et demande si l'on doit s'attendre à te voir coudre.

Pourquoi pas. Tu voudrais tant cesser de trahir les vocations de tes mains. Tu voudrais broder et caresser sans recommencer le crime contre soi.

Mais tu n'as pas les mots pour lui dire et surtout pas le temps. Le saumon résiste à ta préparation, tu te rends à l'évidence, c'est raté. Cela ne tient pas, il eût fallu un œuf battu pour tenir le reste ensemble. On manque toujours d'un ingrédient parviens-tu à t'expliquer, le bon poisson ne suffit pas. À l'instant, tu pourrais en pleurer.

– Maman ! revient Anna, curieusement fâchée.

Elle vient de retrouver, au fond de son sac de danse, un message du professeur oublié depuis samedi dernier. Tu n'as pas payé pour le trimestre. La prochaine fois, elle ne pourra pas entrer.

– C'est grave maman, oublier de payer.

– Tu sais pas ce qui est grave Petit Poney, intervient Véra.

– Ne m'appelle pas comme ça, Véra !

– Quoi ? Tu vas au dressage, t'apprends à marcher au pas, tout ça pour te faire monter plus tard, et à la fin tu te feras bouffer. On parle de ta tresse ?

Plus tard, le son sableux des clés de l'appartement dans la serrure, puis le son mat des clés de voiture sur le bar annoncent Anton. Anton, sa veste encore sur lui, et sa colère qui le précède, qui te survole une seconde comme une question et vient s'abattre sur ta fille. Il gueule, elle répond, il crie plus fort. Tu veux ignorer à quel sujet, tu fais résonner dans ta tête un prénom, à devenir sourde. La voix de Clément parvient à te trouver dans ta cuisine mais les cris des tiens sont plus hauts. Mais atterris bordel, braille Anton, elle va finir en taule !

Soit. De quoi s'agit-il ?

Anton a vu aujourd'hui une douzaine de patients. Parmi eux, une dame qu'il ne connaissait pas le consultait en l'absence de son médecin traitant. Nom, adresse, profession avait-il classiquement demandé. La dame était directrice des études dans cette boîte à bac de Saint-Cloud, c'est drôle. Celle-là même qui lui coûtait un bras par trimestre, afin que Véra continue de mimer une vague appartenance à la norme qui ne dupait plus personne, sauf sa mère. Apprenant cet état de la patiente, Anton avait signalé que sa belle-fille y était scolarisée. Une petite brune au passif énervant, récemment assagie, vous voyez ou pas. Elle ne voyait pas mais se souvenait du nom, Véra Gref, il est rare que des familles payent une inscription sans que l'on vît jamais l'élève. Car au lycée Saint-Machin, Véra n'y avait jamais mis les pieds. Dans son propre lycée, on ne la connaît pas, Laure, est ce-que tu piges, il faut te faire un dessin, vas-tu enfin dire quelque chose.

– Ils ne pouvaient pas nous prévenir ?

Anton te supplie d'arrêter de jouer les idiotes. Elle aura dix-huit ans dans un mois, et dans ces repaires de scouts on ne court pas après les parents laxistes d'élèves fantômes pour rembourser les arrhes. Un courrier électronique de la direction t'aurait été adressé, restant sans réponse. Tu démens. Calmement Véra avoue avoir lu et supprimé ledit message afin dit-elle, de nous épargner. Maman a bien assez d'ennuis n'est-ce pas, ne serait-ce que cette incapacité crasse à trouver un mot de passe plus sécurisé qu'Anna2017. Anton, à bout, gifle ta fille pour la première fois. Et réciproquement.

Elle rend la claque aussitôt, à charge égale, ni plus ni moins fort.

Anton est resté KO debout à regarder, hagard, s'exercer chez lui la loi du talion et tomber le monde dans lequel il avait grandi. Il t'a regardée aussi. Et puis il est parti sans dire un mot s'enfermer dans la chambre. On a entendu peu après vrombir le tapis de course, sur vitesse maximum.

– Il s'est mis en mode hamster, dit Véra, on est tranquilles pour deux heures

– T'en veux une autre ? Tu fais quoi au lieu d'être en cours Véra, tu vas où ?

– Je marche.

– Et tu vas où ?

– Et toi ?

Tu la supplies d'interrompre le massacre de cette famille. Anton va foutre le camp Véra, si tu continues et songe qu'Anna te regarde.

Elle te regarde toi, et ce regard tu ne le connaissais pas. Bientôt elle dit d'accord, elle ira à l'école. Puisque ta paix repose sur elle, puisque toi tu échoues.

– Merci.

Tu ne penses pas avoir gagné, sinon du temps.

– C'est qui le type qui était avec toi au cours de danse, samedi dernier ?

Il te semble que la question arrête les battements de ton cœur surpris, un millième de seconde. Mais il repart, irriguant la tête, qui ordonne la langue, qui ment. La vie.

– Personne. Un collègue. Anna t'en a parlé ?

Tu reçois à l'instant une invitation de Clément et tu t'entends sourire comme une conne.

– C’est ton collègue, le message ?
– C’est Gabrielle.

Souviens-toi. Tu voyais quelque chose arriver sans savoir quoi, t’efforçant simplement de t’y exposer davantage.

12 novembre, 00 : 15, TC 37,6°, FR 19/min, FC 88/min, TA 16

Papa ? Qu'est-ce que tu fous dans le noir, on n'en a pas assez ? Pousse-toi, après tout c'est mon lit. Aujourd'hui, rien. L'Italien nous a plantés comme prévu, le cours est remonté de 10 % sans raison apparente. L'un dans l'autre, ça va pas trop mal. Oliver m'a emmené au squash à l'heure du déjeuner, sans raison apparente non plus. J'avais pas les bonnes chaussures, la balle allait trop vite, j'étais ridicule mais il me répétait bravo. Je sais pas, team building ou temps à perdre, peut-être voulait-il simplement laisser libre cours à une amitié qui le taraudait depuis mon embauche, va savoir. Au café, après des questions bizarres sur mon inexistante vie sociale, il a voulu savoir si c'était conclu avec Safia, si c'était ça ma gueule de rêveur depuis deux semaines. C'était le moment des confidences viriles. J'ai donc parlé de Laure avec des détails de vestiaire. Et c'est quoi entre vous alors, à part du cul, a-t-il demandé, vivement intéressé je crois, au début. C'est tout de même mon boss, alors j'ai réfléchi. J'ai répondu en fait, rien. Comment ça rien, vous ne partagez rien, s'est-il étonné, ce qui m'a mis sur la voie glissante. On ne partage rien, j'ai dit, tu as raison.

Il n'avait pas très envie d'avoir raison, il ne voulait pas se mêler, il a voulu parler des options de refinancement qui s'offraient à court terme à la Banquise, mais j'étais lancé. On partage, surtout moi, les moyens de payer des chambres pour une heure, pour une douche, de manger, de s'écouter parler, d'arrêter les taxis pour s'embrasser, d'en descendre, rejoindre quelqu'un d'autre, se rappeler de nulle part, réserver une table pour demain, d'annuler. J'ai scandé ça joliment, sans chercher mes mots, sans hésiter. Je suis souvent un peu poète après un gros effort sportif. Il disait je vois, je vois. Et moi, de plus en plus lyrique, c'est-à-dire embarrassant, je disais tu m'ouvres les yeux Oliver, cette histoire c'est un non-lieu, personne n'est vraiment là, déjà on commence à s'apercevoir du vide, on le remplit avec n'importe quoi, surtout des mots, sûrement se dit-on je t'aime pour conjurer l'ennui. Oliver a dû aller pisser tellement il était gêné. Je le comprends. On ne se connaissait pas vraiment et je ne lui donnais pas envie que ça change, c'est un talent que j'ai. On est retournés au bureau.

En attendant, il m'avait pourri la journée avec ses questions à la con. À chaque fois que je parle de Laure à n'importe qui, ça tourne au carnage et j'ai envie de la quitter dans l'heure. Je ne l'ai pas fait. J'ai dîné avec elle place Dauphine avec l'idée de retomber un peu amoureux, un peu comme on prend une dose. Elle est arrivée en retard même pas spécialement bien habillée et les cheveux sentant un peu la graisse de cuisson. Plus aucun effort, j'ai pensé. Elle avait déjà préparé le dîner pour les autres, un saumon prétentieux selon ses propres mots, mais s'était débrouillée pour ne pas manger. Débrouillée. Je n'ai pas demandé comment, je devais encore m'appeler Catherine ou Gabrielle. C'est pas une histoire d'amour, c'est un carnaval. C'est pas une histoire de cul non plus. Je n'avais plus envie qu'elle monte avec son téléphone. Toute la soirée, le gros lui avait envoyé des SMS pour lui parler de la grande qu'était on ne sait où, on était trois à table. Je n'ai pas pu trouver un blanc pour lui demander de m'aider à l'aimer, ça sonnait toutes les dix minutes. Elle a fini par répondre au crampon qu'elle allait dormir chez Gabrielle sans me consulter.

Je ne suis pas Gabrielle et je ne suis pas une auberge.

En la laissant dans sa voiture, j'ai vu qu'elle pleurait à travers le pare-brise. C'est donc qu'elle souffre et ça c'est non. Je ne peux pas rater d'autres vies que la mienne. Sans compter que tu souffres toi aussi de quelque part, ne crois pas que j'aie oublié le coup que tu me fais. Je la quitterai demain, ou après-demain.

Tu vas me dire elle t'aime. Elle le croit, comme toutes les exaltées. J'étais sûr que t'allais la défendre. Tu vas me dire, elle est intéressante, elle sait des choses. Précisément ça m'énerve, ça prend de la place. Et savante c'est le terme poli pour dire pauvre chez les diplômés, un prof ça gagne quoi, 2000 balles. Tu vas me dire, elle est belle. Tu plaisantes j'espère ? C'est périssable et pas toujours vrai. Elle est honnête. En effet. C'est du reste une vertu appréciable chez une crémière, un poissonnier, quand la question c'est la fraîcheur de la came. C'est d'un rural, l'honnêteté, surtout qu'elle l'a perdue. La preuve elle trompe son mari. Elle est forte ? Arrête, elle chiale tout le temps et j'en fais ce que j'en veux. Elle me trouve beau. C'est vrai, mais elle va se réveiller. On baise bien. Là j'ai rien à dire. Mais enfin, elle n'aime pas les chiens et moi je n'ai jamais aimé les profs, alors de quoi on parle. Nous n'avons elle et moi rien en commun, sinon une chose : on ne se comprend pas. Oui je me sens mieux, merci. Mais c'est surtout l'alcool.

Quand tu entres, c'est la nuit, Anna dort, Véra n'est pas rentrée. Dans la cuisine, Anton qui tourne en rond vient d'enfoncer la porte du placard sous l'évier en la fermant, t'apprend-il, d'un coup de pied. Encore 200 balles, encore deux heures à se faire chier chez Castorama, puisque toutes les corvées sont pour sa gueule. Il retourne à présent le freezer pour arracher au givre une bouteille de limoncello.

– Souvenir de cet été de merde. T'en veux ?

Tu dis non, il annonce qu'il la termine, il le mérite, il a encore passé la soirée à attendre ta fille, bêtement fou d'inquiétude pour une gosse perdue qui découche, qui frappe son père sans dire pardon et sa mère qui s'en fout, toujours ailleurs, toujours une copine plus importante, et moi, dit-il, moi, tu y penses ? Tu n'es plus jamais là, tu te rends compte du vide que tu laisses, Laure, tu me manques.

À la douceur soudaine de sa voix et à quelque chose d'autre d'inqualifiable et de connu, tu sais qu'il veut l'amour. Tu esquives depuis deux mois. Deux mois à réciter les excuses séculaires. Les filles, Anna, les cours, vieillir, tes recherches, l'argent, l'épuisement, tout cela qui éteint ton désir ou l'absorbe. De cette rhétorique de l'évitement tu as raclé le fond. Anton est fatigué, fragile.

– J'en ai besoin, avoue-t-il, au bord des larmes, abandonnant des serments de virilité noués avec lui-même depuis l'enfance, c'est sûr.

Tu sais encore retourner ta peau tatouée d'initiales étrangères en blouse blanche, une heure ou deux. Ordonner à ta main une caresse apprise qui passera pour primitive. Tu penses qu'après tout les femmes font ça depuis la nuit des temps. Et tu te jures à nouveau que ce sera la dernière.

Vous restez sur le canapé. Bientôt sous le corps lourd d'Anton, tu parviens à trouver en fermant les yeux les clavicules coupantes de Clément, le fantôme de l'étreinte qu'il t'a refusée tout à l'heure. Et c'est vraiment ça l'obscénité, la vraie. Prendre le corps de l'autre comme une roue, aller se faire sauter en rêve.

La prise est brève et vous tachez le sofa. J'en commanderai un autre chez Habitat, il était vieux, dis-tu alors qu'Anton se retire. Il oppose en s'essuyant qu'il s'agit dans l'immédiat de payer le troisième tiers.

Ce soir-là tu commences à te pardonner toute seule.

Plus tard, dans la chambre éteinte, Anton ne dort pas, il pourrait. Il est rare qu'il veille après la prise. Il a programmé dit-il, l'alarme du réveil sur 7 heures, il t'aime. Tu pries qu'Anna appelle et te confisque auprès d'elle.

– Tu as entendu ?

– Non, quoi ?

– Anna.

Bientôt tu regardes ta fille endormie dans le faisceau d'une veilleuse, agitée d'un rêve que tu veux imaginer d'abandon. Anna s'éveille, dérangée par ta chaleur.

– Maman tu restes ?

– Oui, dors.

– Je dors.

– Tu as parlé du monsieur avec le chien, à ta sœur ?

– Mais non…

Elle se rendort sur l'expiration. Tu t'allonges à ses côtés.

Couchée au bord d'un lit rose à pois blancs, tu écoutes pour la première fois monter la honte. Avec elle, vient une voix claire qui sonne comme celle de Véra, trop juste pour être vraie. Une voix qui dit Laure, regarde-toi. Tu es d'un banquier la performance annuelle. Tu pries pour être consommée par l'un de ces hommes qui donnent un prix à tout, même à l'eau. Continue, il prendra tout mais au détail, à la pièce. Puisque tu aimes comme tout le monde l'argent davantage que l'amour, tu tiendras le coup, désossée et d'une amante surgira, patiente et acharnée, la bourgeoise. Tu craindras de le perdre pour un mot de travers, les plis du temps sur la bouche. Mais tu ne compteras pas les coudées qui t'élèvent au-dessus de la mère de la mère, tu ne compteras plus rien. Tu te dépenseras. Tu diras encore à ce stade que le hasard fait les choses qui t'auront conduite entre ses bras. En vérité ce sera, après trente ans d'efforts, la fatigue des anciens crevards : celle d'être resté soi. Et puis tu t'avoueras une vérité de manuel scolaire. Tu as aimé en lui la réussite en dur que tu n'avais plus le temps d'accomplir, tu as choisi la fusion à défaut de la réalisation. Le savoir ne changera rien. Simplement, toujours plus triste, tu seras d'accord pour continuer. Tu vas te maudire, en rire. Tu seras alors de ton époque. Arrogante et vendue.

Tu ne crois pas un mot de ce que tu te racontes. Tu aimes les gens blessés. Tu attends que le sang remonte au cœur, que la peau se réchauffe, que les mains passent du mauve au rouge, c'est tout. Tu es de tous les temps.

Anna se retourne dans son sommeil. Tu quittes la chambre à la veilleuse. La honte qui, comme la fatigue n'est jamais qu'une visite, a disparu.

14 novembre, 20:02, TC 37,6°, FR 19/min, FC 88/min, TA 13

Je vais te mettre le 20 heures, Papa. Tu ne mérites pas de m'entendre geindre toute la soirée que j'ai rien foutu du week-end, déjà que tu tousses. Je ne me sens pas bien. Je n'en ai pas branlé une, encore. Tandis qu'Amin jouait au tennis, que Grette élevait des enfants polyglottes, songeant à quoi faire de plus pour faire naître en eux l'envie de rembourser plutôt que de poser des bombes, j'ai laissé périr deux jours à ne rien faire, sinon lécher la vitrine d'une agence immobilière fermée. Je pourrais pleurer, j'ai quatorze ans. J'ai envie d'attendre 23 h 30, d'aller déranger mon père dans son bureau, lui faire signer mon carnet de notes dégueulasses avec même pas les encouragements du conseil de classe. Il dirait entre, bonhomme, mais ne claque pas la porte, ça l'esquinte et elle dort. Elle, sa femme. Je lui dirais tu fais quoi. Je travaille qu'il dirait et je comprendrais entre hommes qu'il se cache. Pourquoi, s'étonnerait-il ensuite, continuer le latin avec des résultats aussi faibles ? Deux ce n'est pas une note, Clément, c'est un râle, un manifeste. Alors pourquoi ? Pour faire plaisir à ta mère ? Ça revient à la vider à la petite cuillère, la mer rirait-il, car à l'époque on faisait encore ce genre d'effort, on avait Raymond Devos. Arrête le latin mon garçon, courage. Tu feras de l'italien ou de la guitare, ça t'ouvrira des perspectives. Mais il est mort. J'ai fait de l'italien et du solfège en plus du latin. C'était beaucoup trop. Je ne voyais plus personne et c'est resté.

T'as encore rien mangé. Tu veux la météo ou j'éteins ? On va vérifier l'agenda, des fois que la Banquise m'ait ajouté des choses, des rendez-vous, on n'est pas à l'abri d'une bonne surprise, non je déconne. Regarde, ça c'est une page Outlook. Et la gueule en médaillon à gauche c'est la mienne dans un bon jour. Comment ça lundi 8 h 30, évaluation, d'où ça sort ? Ce n'est absolument pas la saison des évaluations, c'est donc que la mienne a été avancée, c'est très inquiétant. Quelqu'un a décidé de se libérer d'une tannée en la torchant à 8 heures un lundi, entre le sommeil et le début de la journée, nulle part. Ça pue. Ne le prends pas personnellement, c'est une image. De toi à moi, j'ai bien perçu vendredi dans la poignée de main d'Oliver non pas moins de loyauté, pas moins d'insistance mais quelque chose comme un relâchement des phalanges. Et des attentes. Lesquelles se seront mues, croisant mes touristiques et vaines négociations à Sienne juste avant que l'Italien nous plante malgré ses promesses de bistrot, en une seule certitude : je ne gagne pas à être davantage connu.

Je dois préparer quelque chose, un bavardage qui devra le cas échéant prendre la forme d'une défense mais surtout sans l'être. Assieds-toi sur le canapé, non plutôt sur les pattes arrière et prends une expression de RH. L'air du chien qui a devant lui l'éternité pour t'entendre mais quelqu'un d'autre dans cinq minutes. Essaie. Oh putain, parfait. C'est troublant. Oliver, le départ de la Banca dei Pellegrini n'était pas un problème susceptible de trouver une solution. Il n'y avait plus rien à faire, il était décidé. C'est à cause de la note, c'est automatique, tout le monde divorce d'un double A, sinon c'est contagieux. Je n'ai eu d'autre tort que celui d'avoir été là. Le type à la fin de la guerre, né en Allemagne plutôt qu'en Amérique, c'est moi. Papa ne te barre pas pendant que je t'explique, tu vas où ? Tu me supportes plus, je te comprends. Je te parle comme si tu étais un égout. Je vais te laisser en paix, te montrer au vétérinaire. Couché. Bon chien.

Nuit lampe allumée, rêve d'oiseaux.

Lundi matin j'avais tout oublié. Infoutu de revenir à une émotion une fois traversée, surtout intense comme la peur, j'avais cessé de flipper à ne plus savoir ce que je faisais dans l'Espace attente à l'étage du directoire un lundi à 8 heures. Sinon vérifier dans l'écran des actualités internes une satisfaisante mise à jour rappelant notre récent parrainage du projet Vague bleue, nettoyage naturel des estuaires par l'introduction d'une algue modifiée et coprophile, supposée bouffer les merdes que rejettent les stations d'épuration du littoral. Nous féliciter du parrainage en présence de CEO. Penser à ne pas demander ce que devient l'algue une fois intoxiquée. À l'horizon, sur la ligne de partage des sols entre l'Espace attente et l'Espace direction, Oliver m'adresse de la main un signe. Un signe qu'on réserve à bien des choses, bien des taxis mais pas à un ami.

– Ne reste pas là, Clément qu'il commence *in media res*, des fois que j'aie eu des doutes.

J'avance, je me pose. Il enchaîne sur une considération réaliste relative à l'actualité politique : affligeante. La dernière recomposition du gouvernement nous plaçant devant le constat qu'on aurait les dirigeants qu'on mérite uniquement si nous étions des crétins. Du coup, aucune explication.

– Mais assieds-toi, tu pars un peu à Noël ?

Car ces vacances comme tout le monde je les ai bien mérités d'après lui. Quelle année mon Dieu. Lui-même a été mis sur le gril par le conseil d'administration, nous ne sommes pas, Clément, des héros.

OK. C'est vraiment la fin.

– Alors par quoi veux-tu que je commence, commence-t-il par le volet performance ? Assez bien sur la performance, embraye-t-il direct, sauf ce petit gros problème en Italie mais lui-même encore une fois n'aurait pas mieux fait. Suite à quoi Oliver entrouvre brièvement, un peu comme d'un coup de talon, le volet leadership. Assez bien aussi, ce qui signifie que les gens ne m'aiment pas tant que ça et que Laure ne devrait pas déroger à la règle, mais évitons de parler ici de Laure. Oliver ne verrait pas le rapport.

Et tandis que la langue polaire se répand en formules stéréotypées (érosion de la confiance, lacune empathique, fragilisation du contrat personnel) tandis que la molle violence des attaques ne se cherche même plus de motifs précis, tandis qu'il s'agit juste, comme en fin d'amour, de bousiller sans s'expliquer, tandis qu'il est seulement 8 h 45, je ne sens rien. Absolument rien. Et même dans le fracas des derniers mots (rien ne presse nous allons trouver une solution où chacun gagnera) je n'entends pas. Tout ceci sans lever ces nez romains que nous partageons de nos écrans et du cours de Bourse, car pendant que les dossiers se classent, que les mecs se pendent avec des gants, les affaires continuent.

– Je suis ravi de cette conversation Clément.

Moi aussi, dis-je, pris d'une intense envie de pisser.

Bientôt je m'assois sous le Dyson à sécher les mains, qu'il me chauffe le crâne et les épaules, car ça fait un bien fou quand ça s'arrête. Si j'avais une femme qui ne soit pas celle d'un autre je lui demanderais ça, tous les jours. La brûlure sur la nuque pour après sa main fraîche. Si j'avais une femme complète et pas juste un bout, je pourrais lui dire que j'ai une sale note alors que j'avais travaillé. Je me foutrais qu'elle entrevoie ma vraie nature, la défaite, car ce serait s'aimer dans le bonheur et la maladie. C'est seulement en voyant entrer Safia que j'ai compris : je m'étais trompé d'endroit et de genre, paumé à ne plus où ni comment aller chier. C'est pourtant simple, il y a des pictogrammes.

– Qu'est-ce que tu fais chez les femmes et en plus par terre Clément ?

Plutôt que ?

Aujourd'hui tu tiens parole pour la première fois depuis longtemps dans ta vie charlatane. Tu vas réviser avec Véra les textes du répertoire, en prévision des épreuves du bac français. Tu l'attends, abîmée dans la contemplation d'un exemplaire moisi d'*Andromaque*. Une édition Hachette, bleu et beige, datant de 1965 et dont les pages ourlées de jaune sentent le cuir et les champignons. Sur la couverture tachée d'encre et réduite à l'état de buvard, on distingue encore, en noir et blanc, la face tragique de Jean Marais dans le rôle d'Oreste. Il s'agit de ton propre exemplaire, ton nom délavé est encore inscrit au stylo bille, en haut à droite de la première page : Laure Gref, 1ère L. La mention est rayée. Au-dessus, d'une écriture plus droite, Sylvie Pallet, seconde C. Ta mère. La mention est rayée également. En dessous, en vert : Véra Gref, écrit en majuscules dans l'ignorance littérale du nom du père. Son père, tu l'avais rencontré dans un bar et c'était trop tôt pour demander autre chose qu'un prénom et plus tard, c'était la nuit et vous étiez trop nus. Et le lendemain, il était parti.

– Véra ! J'attends.

Tu as rassemblé sur la table, les textes au programme. Tu voudrais qu'elle reste assise, penchée sur un cahier, sage comme à l'époque des fables. Ce n'est pas pour elle, c'est pour toi. Tu pourrais tuer pour revenir au moins une heure sur le plancher des bonnes femmes, lui apprendre à lire et réchauffer son cacao. Tu as servi des verres de lait, ouvert un paquet de gâteaux.

– Tu es ridicule, soupire la chair de ta chair, daignant enfin apparaître, directement issue d'un sommeil diurne et gazeux de décrochée scolaire.

Tu lis à voix haute des extraits de Racine en respectant les césures. Tu redécouvres les fatalités familières des épopées sans espoir, les royautés foudroyées par tout, l'amour, la guerre, l'orgueil, les frères et à la fin, même les dieux. L'amour, lis-tu au pif, n'est pas un feu qu'on referme dans l'âme /Tout nous trahit, la voix, le silence, les yeux / Et les feux mal couverts n'en éclatent que mieux.

– C'est quoi, c'est la lecture aux aveugles ? t'interrompt Véra. Je l'ai déjà lu, l'idée c'est que tu poses des questions.

– Peux-tu me résumer la diégèse d'*Andromaque* ?

– Non.

– Qu'est-ce que tu ne comprends pas ?

– Diégèse. Bon, je me casse. C'était une connerie. Et toi tu dois avoir des activités rive gauche.

Elle se lève.

– Assise.

– Tu t'entends ? Assise ? T'es sérieuse ?

Mais elle obéit, sans te laisser d'illusions sur une docilité tactique qui ne veut qu'en finir. Et sans respirer, sans te lâcher des yeux se lance d'un coup dans un exposé pyromane sur l'air de tu l'auras voulu.

Andromaque, dit-elle, ex-bombasse du palais, n'a pris que des râteaux mais continue à vous regarder de haut, c'est la reine. Elle déconne depuis le début de l'été et personne ne moufte. Spartiates Chanel, toge Hermès, 4 000 balles de découvert et rien dans le crâne.

Maquée avec Hector, lui-même buté par Achille, Andromaque, raclure mytho.

– Arrête.

Mytho comme mythologique, comme mythomane, comme mi-pute, mi-soumise poursuit Véra, crèche chez Pyrrhus. Chez la queen, dit-elle, c'est un moulin. Déboule un mec, encore un autre, Oreste qu'on l'appelle. « Oh reste ! » Pourquoi ? Parce que c'est un mec qu'a toujours envie de se barrer, la reine les collectionne depuis toujours, leur fait des mômes. « Oh reste » est un queutard, il est là pour queuter. Mais la queen tient le coup : on baise mais avant tu butes Pyrrhus, le pseudo-mari.

– C'est insupportable Véra, cette vulgarité.

– C'est vrai. Mais c'est pas moi, c'est elle. Tu tiens le coup ou j'arrête ?

Tu vides le verre de lait et tu as envie de vomir. C'est radical, le lait.

– Abrège.

Oreste, sûr de se taper la gaulure en toge, commence par perforer Pyrrhus à l'épée, salement, puis dégomme des Troyens par rangées de dix, enfants compris, juste pour niquer. Un alpha, un vrai. Mariage, pieu, descente. À l'horizon, pas de miracle. L'herbe pas plus verte qu'ailleurs, les gosses en pension et retour du patriarcat.

– OK. C'est bon.

Le meilleur c'est la fin, maman. Car fausse victime et taillée pour survivre, la queen qu'on croyait calmée, attrape le nouveau mari par les couilles alors qu'il matait avec son chien, la finale du top 14 et enfin, putain enfin, lui vire sa couronne. Maintenant toi et tes soudards vous dégagez de ma cour. Sinon quoi ? réagit à peine la moule de mec. Et là Andromaque grandiose : sinon je vous fume, un par un. Grand nettoyage, conclut Véra, des questions ?

Tu termines le lait, poussant à l'extrême la nausée qui coïncide avec tes sentiments.

– Non c'est bon.

– Total, c'est moi qui t'ai fait cours. J'y vais.

Elle disparaît, tu te lèves, pour vomir dans l'évier. Tu parviens à te convaincre que tu rêves, qu'elle ne peut ni savoir, ni t'avoir suivie. Tu étais pourtant la dernière personne à qui tu ne mentais pas.

15 novembre, 22:02, TC 37,6°, FR 19/min, FC 88/min, TA 13

La femme de ménage n'est pas passée, je comptais dessus, mais j'ai confondu lundi et jeudi. Le parquet colle, à peu près aussi hospitalier qu'Oliver. Je poisse comme lui, sueur de fatigue, poussière de la Défense, ne nous distingue ce soir que le QI et encore. Le parquet, maître chez lui depuis exactement 1930, ricane de ma présence, de mes pompes à écraser des moquettes d'Espace direction vu qu'il me survivra, ce connard. Une odeur à gerber reflue du bac de douche, Papa a pissé dedans, on n'en parlera pas. Couché, bon chien, misère. Je cherche un fond de truc, n'importe quoi à quarante-cinq degrés, qui défonce et qui nettoie. Que dalle. Beaucoup trop tôt pour You Porn et de toute façon j'ai promis à Laure.

Monoprix ouvert la nuit, gel, tourniquet, je vais buter quelqu'un, caisse, gel, je n'ai buté personne, retour sur le canapé avec un rhum agricole à flamber des crêpes et rien à bouffer. Vingt-cinq centilitres d'un coup descendent en vertical immédiatement dans l'estomac, puis dans le sang. Une boue à cinquante degrés m'occupe bientôt les jambes, la bite, les orteils, je suis bien pour trente secondes, me rapprochant du corps des armées. Je comprends les soldats. Si dans ces trente secondes un connard à galons m'avait crié « à l'attaque », je filais sur le champ de mars, le cul de la bouteille à la main et je taillais dans le tas. Mais c'est retombé. Je rédige Laure avec des points de suspension, pas plus.

Pas de réponse, elle a dû renifler, venu du nord de Paris en passant par Nanterre, le vent de la défaite. Voilà elle sait, elle a compris. Je ne m'écrirais pas non plus à sa place. Je lui envoie par mail des invitations au théâtre pour la fin du mois. Elle répond qu'elle y sera. C'est donc qu'elle m'espère au moins à quinze jours ou qu'elle aime beaucoup Musset. Ce n'est pas moi qui ai choisi mais le comité d'entreprise, la Banquise achète des rangées entières pour subventionner la culture, que ça dure un peu. Les lions dans le Colisée c'est plus beau quand ils meurent longtemps, pas d'un coup.

Trois vidéos en HD plus tard, j'évite le regard de Papa et je ne m'étonne plus de la pauvreté des scénarios avant l'éjaculation faciale. Pauvres filles, elles font ce qu'elles peuvent avec ce que leur écrivent les recalés de la Warner. J'efface mon historique, j'ignore après tout de quelles sondes dispose Oliver jusque chez moi. Je m'essuie dans la serviette de table Daily Monop, je pue dirait une femme. Dans ma nuit tout écran éteint, persiste l'icône verte de Spotify. Alors à défaut de tout, puisque personne ne m'entend, je me tape Jean-Jacques Goldman. Que la musique est bonne. J'ai monté les basses très haut pour ne pas entendre le râle de Papa au fond du couloir.

16 novembre, 16:02, TC 37,6°, FR 19/min, FC 90/min, TA 17

– Comment ça chien trouvé ?

Encore un qui pense qu'on est, toi et moi, le résultat d'une erreur. Trouver un chiot dans un carton gare de l'Est, sans puce électronique, sans nom ni personne, de nos jours c'est de l'ordre du trèfle à cinq feuilles. Ou du vol.

– C'est un bouvier. Vous avez un carnet de vaccination ?

Comme si je ne t'avais pas certifié depuis le temps, avec visa et tatouage. Cinq ans qu'on voyage en règle. Bouvier bernois, race très ancienne, s'étant distinguée chez les gardiens de troupeaux dans les alpages helvétiques, y serait mieux que dans un appartement certes. Mais si on va par là, ça vaut pour tout. Ça l'embête le jeune type, cette histoire de gare. Il aurait préféré que j'aie payé les 1 500 euros hors taxes pour t'obtenir, c'est ton cours actuel. Il n'aime pas que je t'aie eu par voie naturelle, il voulait un élevage canin dans le 78 et des documents Cerfa. Et moi je préférais le vétérinaire d'avant. Celui qui est mort des poumons et qui préférait les chats. Qu'est-ce que tu veux y faire.

– Trouver un bouvier bernois, même gare de l'Est, ce n'est pas normal.

Il insiste. Le mec a fait douze ans d'études pour prescrire du Xanax à des Maincoon stérilisés et il va nous apprendre ce qui est normal. J'espère que tu es prêt à rigoler en schweizerdeutsch. Et ça, dans l'étagère, les machins en forme de cœurs, c'est normal, ai-je demandé pour changer de sujet.

– Les boîtes ?

Laissez-moi deviner. C'est pour la Saint-Valentin, j'imagine que c'est comme vous dites, normal. Pauvres bêtes, rien ne vous sera épargné. Aux USA on vous marie, c'est normal aussi. Songe mon Papa que tu aurais pu tomber plus bas et serre les dents. Dans dix minutes on est dehors. C'est juste une visite de contrôle.

– Ce sont des urnes pour déposer les cendres après la crémation. Les propriétaires aiment conserver quelque chose.

N'écoute pas, Papa, déshabille-toi. Nez gorge oreilles. Il ne mange plus beaucoup docteur et lui faire voir la Seine c'est une supplique. Hier soir, j'ai dû le porter du pont des Arts à la statue d'Henri IV qu'il aime beaucoup, à cause du cheval ou du destin, on ne sait pas trop. Bref, après cinq ans à prendre ma vie en main et les décisions importantes, gauche droite, viande, poisson, assis, debout Papa se laisse tirer. Il se refuse, il reste en tas dans les coins. Pour vous et moi ce serait naturel, nous avons pour nous effondrer les raisons propres à notre espèce et à l'époque. Mais pour une race dotée de libre arbitre et d'instinct de survie, c'est inexplicable docteur. J'ai essayé de ne pas savoir pour nous donner de l'espoir mais ça ne suffit plus, il va falloir agir bien que je déteste ça. Peut-être cherche-t-il simplement à me dire quelque chose ? À propos de Dieu ou d'une certaine Laure. On peut sûrement entendre un prénom au stéthoscope.

– Ça va aller ? ai-je simplement oralisé.

– C'est la boule là qui vous inquiète ?

On s'en fout de la boule. Papa cherche à me dire quelque chose et la question est quoi. Il s'épuise, traduisez-le-moi avant qu'il explose.

– Mais ça va aller docteur ?

Dites le bordel. On ne laisse pas un client qui paye attendre un « ça va aller » comme ça, sans l'air conditionné.

– Vous avez raison de vous inquiéter, elle est adhérente.

Et merde. Je m'assieds, il continue. D'une phrase à l'autre, ta boule devient une masse, une masse dont il va prélever quelques cellules, dont il prélève d'ailleurs, joignant le geste qui sauve à la parole qui tue, sans te prévenir. Tu aurais pu dire non. Voilà, c'est fait. Il va envoyer le prélèvement au laboratoire, si ça se trouve ce n'est que de la graisse. Mais évidemment que ce n'est que.

– Mais j'en doute.

Quand un scientifique avoue ne pas être sûr d'un résultat, c'est qu'il est certain d'un autre.

– Je ne vous cache pas que la probabilité d'une masse tumorale est à envisager.

Voilà. Je ne peux pas m'évanouir, cette fois c'est moi qui te ramène. Je vois deux chiens et deux vétérinaires. C'est aussi que je n'avais rien mangé depuis un moment, je fais soixante-cinq kilos j'ai vérifié sur la balance à bestiaux quand tu étais sur la table.

Il suppose qu'en attendant tu peux prendre de la cortisone dans l'hypothèse où tu souffres beaucoup. Hypothèse égale certitude, si tu suis. Donc tu souffres. De quoi je m'étonne. C'est pourtant l'ambition la plus partagée au monde. Avec le pognon. C'est même la première, apparue avant le corps puisque c'est la nécessité qui crée l'outil.

Au commencement, il y avait la souffrance, et nous est venue la chair pour ne pas passer à côté. Juste après, est arrivé le pognon. Puis sont venus les ongles et les dents, pour le prendre. Et après est venu l'anglais et ça s'est arrêté.

– À ce stade, dit-il, la cortisone se fera en injections.

Un stade signifie un niveau de gravité élevé, Papa. Tu devras toutefois te dépenser afin de ne pas enfler.

– Les résultats vous préférez les recevoir par mail ou je vous appelle ?

C'est parti. Les options commencent, elles vont pleuvoir.

Reste dans mes bras, on va finir par voir arriver un taxi. Je ne sais pas pourquoi ils font tous cette gueule, on n'a plus le droit de porter un bouvier de soixante kilos en écharpe ? Ce que tu sens vibrer à gauche ce n'est pas encore mon cœur qui lâche, Papa, c'est mon téléphone.

C'est Laure, c'est un message.

Elle pense que sa fille se doute de quelque chose.

Désormais c'est vraiment moi qui tremble. Le doute, c'est l'antichambre de la vérité et la vérité c'est le début de la chute. Elle va confirmer, quitter l'autre, venir, vouloir. Ça ne s'arrête jamais, Papa, c'est la révolution industrielle cette fille, qui t'accompagne et qui t'écrase, je le savais. Tu sais ce qu'on va faire ? On rentre, on dort et demain matin à la première heure, on fout le camp à la campagne.

17 novembre, 10:02, TC 37,6°, FR 19/min, FC 88/min, TA 13

Nous y serons dans une heure Papa, chez maman. Tu ne peux pas rester seul, je travaille et ce n'est pas le moment de t'emmener au bureau. Tu ne sauras pas t'injecter de la cortisone, c'est un métier. Toi tu es né pour garder les moutons, même si c'est tombé sur moi. Ma mère sait piquer ne t'en fais pas, elle fait ça sans regarder, et puis chez elle, c'est la nature, les oiseaux, tu vas passer un bon moment. Je t'entends d'ici : entre ma mère et les bons moments, quel rapport. Aucun. Le lien que j'entrevois c'est entre le vert et la santé, entre chien et prairie, entre espace et course. Tu ne cours plus, c'est vrai, tu vas regarder te passer les lapins sous le nez, quel con. J'ai sincèrement pensé que la fréquentation de ma mère te ferait du bien avec le mal que ça m'a fait. Tu préfères qu'on fasse demi-tour et aller chier quai de l'Horloge ? Parle et j'annule tout. Attends c'est Laure.

Elle m'écrit qu'elle veut parler avec un accent aigu, ça doit aller assez mal. Je rappellerai en faisant de l'essence. C'est mon père qui disait ça, on va faire de l'essence. De lui je tiens aussi ce goût de rouler à 110 sur les départementales, il s'entraînait toujours un peu à mourir sur la route. Pas quand j'étais petit, non. Il a tenu son 90 km/h jusqu'à mes douze ans avec la ceinture. Il s'est lâché quand j'ai été en âge de comprendre qu'on cherchait une issue de secours. On s'est fait des pointes mémorables. Ah. Station Total à trois kilomètres, formidable. C'est celle avec les cadeaux pour les enfants, si on a tout *Achille Talon* c'est grâce à eux. Non nous n'avons pas besoin d'essence, c'est surtout que je n'ai plus envie d'arriver. Ça m'a déjà fait ça à Noël 2016, tu te souviens ? Le soir qu'on a fini avec un foie gras sur l'aire des mimosas, une Avia, et qu'on a dit à la vieille, en arrivant à 2 heures du matin qu'on avait eu la déneigeuse devant tout le temps, qu'on n'avançait plus depuis Orléans. Il ne neigeait pas un poil. Elle m'avait encore traité de malade. Voilà, on va s'arrêter ici. 1,34 le diesel, c'est bien. Je dis ça, je n'en sais rien, j'ai perdu de vue depuis un moment le prix du baril, le prix d'à peu près tout d'ailleurs. Bouge pas, je fais un saut à la boutique, je ne sais pas encore ce que je veux. Non pas comme avenir, ça c'est plié. Comme sandwich.

C'est moi, 70 euros le plein plus tard. Tu dors ? Je t'ai pris un wrap, ils n'avaient que ça avec de la viande. Et ça c'est un pingouin. J'ai craqué, il était tout doux. Attention ce n'est pas pour le bouffer, c'est un vrai en synthétique comme les autres. Je mettrai mon parfum dessus, si tu fais des cauchemars. J'ai rappelé Laure, elle pensait que j'aurais dû prévenir qu'on n'était pas là deux jours, elle comptait nous voir. Ça n'allait pas très fort. Sa fille lui parle mal et sèche le lycée depuis des semaines. J'ai dit ah merde, qu'est-ce que tu voulais ajouter d'autre. Et je lui ai épargné par sollicitude les problèmes des pingouins sur la Banquise et ton histoire de masse tumorale. Mais elle attendait davantage, comme d'habitude. Elle en a remis une couche avec un moi aussi je suis fragile Clément, moi aussi je suis seule, qui je t'avoue n'est pas passé. Tu m'accorderas que récupérer sa fragilité quand l'autre a le reste, c'est pas le deal du siècle. Et je l'ai dit, parce que je n'avais pas éteint. J'étais pas concentré vu que ça faisait vingt minutes que tu cramais dans ton état dans la Merco. Il y a eu un blanc qui en a profité et j'ai sorti c'est facile pour toi, Laure. Quand je me suis entendu, c'était trop tard.

Elle n'a plus rien dit, juste qu'elle était désolée. Les femmes amoureuses ne tiennent pas tête, Papa, c'est une fenêtre unique pour être un homme, c'est la seule la plupart du temps. Elles ne tiennent pas la route non plus. On a tendance à taper fort dessus en se disant si elle m'aime, elle encaissera. C'est le contraire. Ce sont uniquement les saletés qui s'accrochent parce que ça ne leur fait rien. Les amoureuses souffrent tellement qu'elles craquent vite, du coup souvent t'épouses les autres, les saletés. Enfin peu importe, moi j'épouse pas. Bref, j'ai raccroché, j'ai acheté le petit pingouin, j'avais besoin de repères. Tu veux entendre quoi Papa. Pas comme vérité, j'ai tout dit. Comme radio.

L'impensable arrive désormais tous les jours. Aujourd'hui, la police. Véra s'est fait arrêter ce matin.

Te voici à midi, tournant sur toi-même à l'accueil d'un commissariat. Tu pourras bientôt entendre de la bouche de Véra l'exacte nature des faits desquels on t'a, pour le moment, livré un résumé peu crédible. Dans quelques minutes. Le temps pour les policiers d'installer le début d'une procédure qui ne s'arrêtera plus. Tu attends l'avocat debout, allant d'un mur à l'autre, fixant sans les lire les affichettes effrayantes de la Sécurité routière et des ligues antidrogue. Tu refuses jusqu'à l'épuisement de t'asseoir sur les sièges en plastique vert, de faire partie du décor. Tu regardes autour de toi, tu veux tout retenir. Tu veux, avant même qu'il te traverse, savoir restituer cet instant à Clément quand tu le retrouveras, quand il reviendra du

Loir-et-Cher, libéré de son chien excédentaire. Ainsi vis-tu tes jours en surface, dans l'anticipation du récit que tu pourras ou non lui en faire, gagnant la famélique illusion de les avoir partagés avec lui. Être l'ombre de soi-même, c'est ça. Tu prends des notes. C'est le moment de faire droit aux lieux sales, à la vraie ville, aux odeurs de pisse, au carrelage fendu, aux faux plafonds, à la lumière morte des néons, aux uniformes, aux impolis. Note. C'est un commissariat d'arrondissement dont personne ne saurait parler sauf toi. L'avocat devrait être arrivé. Tu supposes que c'est lui, cette forme imprécise qui franchit les portiques de sécurité, qu'un brigadier dirige vers toi. C'est une femme.

– Madame ?

– Oui ?

– Maître Burre.

Maître Isabelle Burre n'a rien fait pour être ici, sinon se trouver en tête de la liste de permanence.

– Nous avons moins de trente minutes, t'informe-t-elle.

Tu parleras à Clément d'une femme rapide et peu soignée, pliée dans un manteau de ratine noire dont l'usure renseigne assez clairement sur la nature de ses dossiers. Des Véra, toute l'année. Elle a cinquante ans, peut-être davantage mais prend des commissions d'office. Tu pourras au prochain dîner, développer cet aspect de la précarité des avocats parisiens. Tu donneras tant de détails qu'au dessert, tu auras trouvé un alibi pour Véra. Un moyen de décrire comment peut-on être arrêtée sans avoir rien fait, prise pour une autre jusqu'en garde à vue. Et alors, coup double, tu seras préparée à produire cette histoire devant Anton, rabattant en quelques preuves sa fierté d'avoir eu raison. Tu continueras à préserver la sauvagerie de ta fille, tu nieras le saccage.

Tu dois espérer qu'avec le silence les désastres se retournent en simples souvenirs, les casiers judiciaires en dossier scolaire acceptable. Tu dois être folle.

Bientôt, flanquée de maître Burre, tu te sens jugée dans le bureau d'un officier de police judiciaire, patient et assis. Derrière lui, au mur, le président debout sous un verre griffé dans un cadre en plastique, ne regarde pas l'objectif, les yeux fixés sur on ne sait quoi de lointain, à l'ouest. Devant toi, à l'horizontale sur le bureau, un écriteau où l'on peut lire « si tu veux de la viande, bouffe-toi le cul », élément impliqué deux heures plus tôt dans une manifestation idéologiquement floue, menée au réfectoire du lycée de Véra. Ta fille et quelques autres, informés par voie d'affichage du menu hebdomadaire, entre autres boudin noir-purée, avaient pénétré dans les cuisines en l'absence du personnel. Ils avaient déféqué dans les grands plats en Inox, remplaçant partiellement le boudin par des étrons véritables. Alerté par le bruit, un employé du réfectoire était intervenu, évitant d'un cheveu l'intoxication alimentaire générale, ou pire. Le lycée avait appelé la police immédiatement et porterait plainte. Véra sans émotion apparente, certifie la rigueur des informations. Tu ne la crois pas. Pourquoi lui est-il à ce point nécessaire d'être coupable, puisque tu tiens déjà toi-même ce rôle jusqu'à la nausée ? L'avocate se tait, l'OPJ saisit. Puis il relève l'écriteau séditieux invitant les viandards à l'autophagie. Quel rapport, mademoiselle, entre le fond trouble de l'action et la nature de ce message. Il conjecture, pour aider, un petit copain antispéciste.

– Vous voulez dire c'est un mec qui m'a donné l'idée ? *What else*.

– Véra …

– C'est pas moi, c'est lui. T'es sourde ?

Votre avocate tousse dans son coude.

– Non c'est pas pour un mec. C'est la convergence des luttes.

– Pardon ?

Véra a observé d'abord que les antispécistes locaux, élèves de terminale littéraire réputés classe de branleurs, étaient pourtant les seuls à avoir obtenu un progrès dans ce lycée pour fins de race. La suspension de la dissection des maquereaux en classe de sciences et vies. Elle a considéré – toute seule, elle insiste – que l'approche antispéciste pouvait inspirer la lutte antisexiste, dans sa vocation élémentaire. À savoir éduquer les foules à ne plus voir en l'animal une ressource et un morceau de viande. Quand il s'agit au même moment d'éduquer les hommes à la même chose.

– À savoir ? erre le flic.

Ne plus voir dans la femme une ressource et un morceau de viande, demandez à ma mère le mal que ça fait. Parce qu'on ne peut pas compter sur les victimes : elles se laissent découper en deux.

Maître Burre te regarde, surprise et embarrassée. Tu pensais que dans son métier on gardait, au préalable, ses opinions sous la robe. D'où l'idée de généraliser le combat, poursuit la présumée coupable. Le panneau en revanche ce n'était pas son idée, Véra rejetait tout aspect décoratif à l'action. En la matière suffisaient amplement la crotte et la gueulante.

– La langue commune aux espèces c'est le cri, pas l'alphabet, dit-elle et l'officier tape.

L'avocate demande à relire la ligne, craignant dit-elle une rédaction ambiguë de ces propos imagés. Véra continue plus fort, c'est son rythme.

– Il faut que ça pue monsieur, dit-elle, pour que les gens comprennent.

Elle a raison. Seul le choc est une parole. Le Christ par exemple, il saignait, ce sont les autres qui ont écrit, les suivants. Ce n'est pas Véra qui le dit, c'est toi qui le penses, enfin c'est l'autre. Tu t'es rendue si perméable à Clément à mesure que tu devenais étanche à tous les autres, qu'il est entré. Lui son catéchisme, son église. Il est là il est dedans. Il peut désormais te prendre n'importe quand, de l'intérieur, sans consentement. L'amour dispose à la porosité, puis à l'occupation, puis à quoi ?

Tu écoutes le cliquetis des doigts de l'OPJ sur le clavier azerty. Plus loin, dans les graves, le son confus d'une circulation tendue qui témoigne de la proximité d'un boulevard et quelques éclats de voix étranglés que tu prêtes aux prévenus.

Dans le couloir, tandis que l'officier finalise le procès-verbal et que Véra attend son heure, maître Burre t'apprend que la garde à vue est levée, le procureur devant se trouver dans un bon jour. Véra serait certainement à nouveau convoquée, peut-être présentée à un juge. Un ou une. Maître Burre ne sait pas ce qu'il faut ici souhaiter en termes de genre. L'OPJ vous rappelle. C'est imprimé. Tu dois signer le PV puisque l'enfant est mineure, tu mets ton nom au bas des pages sans dire pardon.

24 novembre, 22:02, TC 38,6°, FR 19/min, FC 88/min, TA 13

Il est tard, Laure, et je n'ai pas appelé depuis longtemps, pardon j'étais malade. Je ne sais pas, un peu du foie, un peu de ma mère, je suis rentré de chez la vieille depuis huit jours. Qu'est-ce que tu veux savoir d'elle, qu'est-ce que tu veux que je te dise. Version courte, très jeune ma mère a eu le cœur explosé. Elle est depuis dévastatrice, nucléaire. Version longue, elle a prié toute sa vie, d'abord pour obtenir des trucs et ensuite faute de mieux. Elle connaît le Christ comme son frère et parle à sa place pour à peu près tout. Connaissance aiguë des desseins de Dieu, solitude, jardinage, Lacrimosa et Stabat Mater remasterisés, toute-puissance, alcoolisme modéré. Non aucun homme depuis mon père, ni pendant d'ailleurs, même pas lui je crois. Elle connaît pourtant la chair comme personne: par la douleur et le manque. Non elle ne travaillait pas et la tienne ? Ma mère faisait beaucoup plus que gagner sa vie, elle gagnait des points pour l'éternité. À défaut d'être quelque part dans la société, elle se situait haut dans la hiérarchie céleste, parmi les êtres créés pour l'Interpréter, en surplomb de ceux semés par son pote pour faire masse. Dans l'hypothèse où ces graines de paumés, dont moi, aient eu des questions elle pouvait y apporter une réponse. Toujours la même : on faisait n'importe quoi, que le Christ en chialait, que les gnons se perdaient car elle n'avait que deux bras. Elle traçait une frontière entre le bien et le mal et me la faisait parcourir, m'étalant sur le carreau si je penchais du mauvais côté. Je devrais être un saint à l'heure actuelle, trouver la route du ciel au flair. Je me paume à la première occasion, t'as qu'à voir. Pourquoi je parle d'elle à l'imparfait, parce que j'en ai marre.

Je lui ai parlé de toi, j'ai fait exprès. Non parce que j'ai l'habitude de lui faire des confidences, mais parce que je ne pouvais pas lui faire pire. Une femme mariée. Avec un peu de chance, elle pouvait s'étouffer. Je crois que je revoulais des tartes à mon âge. Une marque d'intérêt, un coup à rendre. Je lui ai tout raconté, le mari cocu, les rendez-vous clandés, la famille en vrac. Elle a dit, sans arrêter de tricoter pour la Croix-Rouge, tu sais bien ce que tu as à faire, tu es grand, tu sais bien que c'est mal, Clément, tu es perdu. Elle a toujours fait ça. Empiler en trois mots les cadavres de mes femmes, étouffer la plainte du fils de l'homme à coups de tu sais bien. Je te pardonne, j'ai dit, à un moment dans la soirée au-dessus de la salade composée. Je ne te permets pas, m'a-t-elle répondu. Tu vois l'ambiance. C'est toujours comme ça, comme si je m'étais jamais barré. Alors que j'ai mis les voiles à dix-sept ans. Je n'avais jamais pu naître avant, les claques m'enfonçaient dans le sol jusqu'aux genoux. Mon père ? Mort tout droit, à quarante-cinq ans, une vie mutique dans un corps peureux dont il est sorti en deux secondes. Dans leur milieu, où le qu'en-dira-t-on partageait le pouvoir avec Dieu, on ne pouvait souvent que mourir pour quitter les épouses. On ne s'arrache bien des prisons qu'en ambulance ou dans un sac. Je veux dire pour échapper aux mariages carcéraux, l'AVC, la crise cardiaque, c'est radical. Ou la route. Mon père s'est donc éclaté la tronche sur une glissière de l'A13, un poids lourd en face. On a appelé comme ça, un poids lourd. Bon. C'est toujours la faute d'un camion. Ou d'un cheval, d'une pute ou d'un fusil. La détresse des hommes est vite racontée, comme tu dis. Après, ma mère poursuivit son combat pour ne pas être aimée, ceux qui furent suffisamment naïfs pour s'en sentir dignes, moi le premier, furent anéantis. Allô ? J'ai cru que tu avais raccroché. Tu m'en veux encore pour l'autre jour, pour le c'est facile pour toi.

– Je t'entends mon amour.

Tant mieux. Laure ?

– Oui ?

La vérité sur ma mère c'est qu'elle flanche. Elle a servi pour la première fois une salade en sachet, elle n'a plus la patience et les reins pour les cultiver. Son bras est enflé, elle a tenté de me le cacher. Elle a le regard de ceux qui attendent que ça arrive, qui ouvriront d'une main des sachets Bonduelle jusqu'à ce que ça vienne. C'était insupportable. J'aurais pu la prendre dans mes bras. Il faut bien que l'un des deux commence j'ai pensé, c'est jamais trop tard. Et juste après j'ai pensé bien sûr que si c'est trop tard. Elle avait mis des assiettes en carton jetables avec la porcelaine de Sèvres ras la gueule des placards. Elle ne veut plus. J'ai mis toutes mes forces à me souvenir pour la revoir puissante et haïssable. Je l'ai laissée débarrasser la table en se traînant, sans lever le petit doigt. Je crois qu'elle m'en a su gré, ça fait de moi une ordure ?

– Non.

Tu voulais me raconter quelque chose ?

– Non. Plus tard.

Tu regardes Véra brosser ses cheveux lourds face au miroir de la salle de bains. T'est passée depuis quelques jours l'envie de la frapper, tu respires mieux. En retrait du reflet, elle aperçoit dans son dos ton regard adouci.

– À quoi tu penses ?

À lui. Tout à l'heure, quand tu verras Clément que diras-tu pour concentrer la densité des dernières semaines en une seule phrase. Tu cherches encore.

– À rien.

– Encore ? Tu vois où ça t'a menée ?

Elle sort, te laissant la brosse dans les mains. Tu prends sa place, substituant vos reflets. Véra aura bientôt dix-huit ans, tu prévois de lui offrir ta propre montre. Le lycée l'a expulsée mais n'a pas porté plainte pour des raisons qui t'échappent et le procureur ne poursuivra pas d'enquête. Anton n'a rien su de tout cela comme du reste. Il ignore à présent la réalité de vos vies comme s'il vivait ailleurs. Tu dois encore trouver, pour expliquer l'expulsion, un motif injuste et classique, tu trouveras. Tu tiens ta phrase. Véra ne verra aucun juge et toi non plus. Tu la tournes dans ta gorge, en goûtes avec ta langue le réconfort, la rondeur. Véra ne verra aucun juge et toi non plus. Tu lustres à ton tour ta chevelure affinée, appliquant sur tes joues une crème brillante aux acides prometteurs. Tu en mets sur les cheveux aussi, et sur les lèvres, tu cherches quoi porter pour aller avec ça, avec la crème et la promesse.

– Véra !

– Quoi encore ?

– C'est toi qui l'as prise Véra ? La jupe sur le cintre dans ma chambre ?

Tu as perdu cette brève jupe en cuir prétendument achetée cinquante euros d'occasion dans un vide-dressing et tu veux la porter ce soir au théâtre. Elle ne sait pas de quelle nouvelle jupe tu lui parles mais se désole de ces heures perdues devant la glace. Qu'est-ce que tu fous encore avec ta crème, tes sérums et tes minijupes à défendre ta jeunesse comme la Palestine, centimètre par centimètre, tu vois bien que c'est foutu.

– Merci. Tu permettras que je m'accroche.

– Tu vas voir quoi ?

Tu dis exactement quelle pièce, *Lorenzaccio*, quel théâtre, Édouard-VII. Tu mens à toute la Terre sur les prénoms de tes dîners, sur l'origine de tes vêtements et leur destinée immédiate mais pas à elle. Tant qu'elle ne demande pas avec qui mais simplement où, tu as juré de répondre. Tu es comme toutes les autres. Tu t'imposes, faute de morale, des limites.

Elle disparaît pour reparaître avec ta jupe, piochée dit-elle dans le tas de hardes amassées au pied de ton lit. Elle considère, après examen qu'il eût mieux valu la perdre, en effet. Dix centimètres de peau de biche sur le cul pour aller au théâtre ce n'est pas une tenue, c'est une allégorie. Tu passes ta jupe, tu l'augmentes d'un trait de rouge à lèvres très mat et tu ressembles soudain à tes projets. Et l'embrassant, tu la félicites de savoir placer même au hasard une figure de style, peut-être qu'à ce train-là le bac l'an prochain n'est pas un rêve pieux. Pour le reste, tu rappelles que tu es libre, que tu vas être en retard.

– Tu te crois libre en plus ? Mais décorer la viande pour les yeux d'un connard ça s'appelle comment ?

– Quel connard ?
– Ça s'appelle la boucherie.

Sur les planches, quelques heures plus tard, c'est Lorenzaccio, l'outsider. À tes côtés l'homme de ta vie ce soir qui ne t'a pas embrassée entre le vestiaire et vos fauteuils, ne t'adressant la parole que pour évoquer son chien alors que tu voulais évoquer ta fille. Il cherche un *dog-sitter*, si tu pouvais diffuser à la fac l'annonce qu'il t'a envoyée, tu le sauverais. Rien sur ta jupe, rien sur le coût du mensonge qui ne pèse que sur toi, rien sur l'amour. Noir. Premier acte, aucun baiser sur tes cheveux parfumés, aucun regard croisant le tien. Tandis que l'avant-dernier Médicis insulte sa race de dégénérés, tu souffles je t'aime, trois fois. Et lui :
– Oui.
Comme on dit chut. Tu prends quelques secondes pour avoir mal et tu te sors du rang.

Il te rejoint dans un genre de couloir, il est désolé, il écoutait le texte. Il pensait qu'on était là, dit-il, pour la pièce. Un employé vous informe que vous ne pourrez pas rester dans les coursives. Vous vous dirigez vers la fosse mais en chemin, il pousse la première porte trouvée battante, ouvrant sur un réduit. Des sièges pliants, un aspirateur et au mur, les affiches d'un Feydeau.

Tandis que dans une autre sphère temporelle Lorenzo de Médicis venge sa mère sous Charles Quint, tandis que dans une autre encore, Musset tente peut-être d'étouffer George Sand avec un oreiller et dans le secret de l'histoire, rate son coup, tandis qu'Anton dort et ignore, Clément te prend dans le ventre d'un théâtre. Collée au mur, tu geins faux, mimant une joie qui ne t'a pas trouvée.

– T'as envie de voir l'acte III ? souffle-t-il.

Dans sa voix et autour, frémissent les sons de la fin, toujours plus nets. Quelque chose qui palpitait dans l'air où que tu ailles, quoi qu'il dise, ne palpite plus. Les amoureuses sentent ça. Et les insectes et les vautours qui planent au-dessus des bêtes de sol bien avant qu'elles meurent. Tu lui dis

– Tu vas me foutre en l'air.

Il répond que tu es chiante, en riant mais à peine.

Plus tard, la maison est plongée dans le noir. Véra n'est pas dans sa chambre. Tu pries qu'elle jouisse de sa jeunesse dans un rade ou dans un lit. Dans le tien, deux formes. Anna dort avec son père. Il murmure qu'elle a fait une crise, des heures à la calmer, tu dis d'accord et refermes la porte, soulagée de pouvoir dormir seule sans t'expliquer.

Dans la pénombre du couloir, une douleur au ventre te plie soudain en deux. Quelque chose te brûle qui n'est pas un désir. En urinant tu constates une odeur de poisson mort. Évidemment Laure, ça t'étonne.

Il est 2 heures quand Véra arrive, aux joues le froid de la ville.

– Qu'est-ce que tu fous dans mon lit ?

– T'étais où ?

Elle rit. Un rire franc, faible et hargneux qui te glace.

– Rang C.

– Très drôle.

Comment ça, drôle ? Elle n'a pas ri, non, *Lorenzaccio* c'est un drame, un vrai, et cet acteur adolescent pour jouer Lorenzo, une trouvaille. Il faut en effet avoir dix-sept ans pour se laisser atteindre d'un désespoir si vif et le mener au bout, à l'épée. Bonne nuit.

Chez toi la brûlure revient, plus vive.

28 novembre, 16:57, TC 38,3°, FR 19/min, FC 90/min, TA 17

La pièce, je ne me souviens de rien, sinon que Lorenzo était joué par un gosse. Je l'avais lue au lycée, je connaissais la fin. Il m'a toujours fait froid dans le dos, ce petit con qui tue quand on lui baise sa mère. Une chance que Laure ait des filles et que l'honneur se perde. Laure ce soir portait une jupe en cuir inconnue au bataillon du prêt-à-porter qu'elle achète pour moi. Au toucher, un cuir de vachette très fin, voire carrément de l'agneau, un truc à exciter dangereusement la pulpe des doigts. C'est insupportable le cuir, un animal mort et parfumé disposé à tous les outrages, ça devrait être interdit d'en faire des fringues. J'ai caressé la jupe plusieurs fois avant la fin du premier acte, mais elle ne comprenait pas. À chaque fois, elle saisissait ma main pour la serrer très fort. Elle ne saura jamais être correctement vulgaire, elle ignore encore à son âge les risques du cuir qui surclasse le corps qu'elle recouvre jusqu'à le faire fondre, elle m'énerve et parfois elle me désespère. Bref, le cuir elle avait oublié qu'elle en portait, moi j'avais oublié qu'elle était en dessous. Je lui ai fait l'amour debout dans un placard, mais c'était la jupe, pas elle. La pauvre. J'ai dû lui dire deux mots, je l'ai plantée aux applaudissements. Quand la lumière s'est rallumée, plus personne dans mon fauteuil, ce qui est toujours plus ou moins le cas, mais là réellement.

Pour ma défense, j'avais ouvert le mail de la clinique juste avant le lever de rideau. L'information principale était lymphome agressif, stade 4, je n'ai pensé qu'à ça, même dans le placard. Sur la route pour aller te chercher, j'ai tenté d'appeler le vétérinaire cent fois, lui dire que ça irait. La chimio j'avais les moyens et même à Necker. Il n'écoutait rien. Je suis arrivé chez la vieille tellement énervé que j'ai failli louper la sortie Romorantin.

C'était grand ouvert comme d'habitude, elle va encore se faire chourer l'écran plasma, elle pense que je trouve le pognon sur les arbres. Ce n'est pas complètement faux.

– C'est toi Clément ? Je n'ai pas entendu sonner.

Évidemment c'est moi, comme si vous aviez fidélisé quelqu'un d'autre. Il est où ? Papa, Papa ! Vous me l'avez encore tué ? Ah. Viens mon chien, tu as dormi, tu as mangé, tu m'aimes ?

– Ça sonne Clément, dans ta veste.

Je sais. Et ça ne s'arrêterait pas. Un instant, je vais répondre, je vais obéir. Le temps de dire à l'oreille de Papa que nous avons un lymphome et que la chienne c'est vous.

C'était le vétérinaire, Papa. La chimiothérapie n'est pas indispensable il a dit et j'ai pensé comme toi, formidable. « Pas indispensable », adjectif masculin plus négation, caractère de ce dont on peut se passer. Il a ajouté qu'il existait une alternative à la chimiothérapie, il a quitté un instant le combiné pour fermer une porte sur le cri d'une bête ou d'un assistant. J'ai attendu, collé à l'appareil, puisque l'espoir passait enfin par les ondes. Les gens ne peuvent pas s'empêcher de donner de l'espérance Papa. Ce n'est pas du sadisme, c'est un souvenir de la nuit des temps, d'avant le septième jour, quand on pouvait encore espérer la lumière puisqu'elle n'était pas née. On a gardé cette habitude de vous laisser envisager le bout du tunnel. Le docteur est revenu au bout du fil, il a continué.

En gros, l'autre option c'est la peine de mort, comme dans toute démocratie qui se respecte. Ah, madame soupire. Madame ne veut pas que je parle aux bêtes, ça fait paysan et elle veut oublier. Quoi encore ? On vous écoute.

Vous me dites que c'est mal, qu'il souffre, qu'il faut euthanasier le chien. Bien sûr maman, souhaitez-vous le finir vous-même, à coups de dents ? Ça vous plaira. La carotide c'est ce fil-là, qui palpite.

– Calme-toi Clément.

Taisez-vous. Vous décidez comme toutes les autres, vous décidez qu'il ne doit pas souffrir cet animal en omettant son prénom, vous répétez ce n'est pas bien, parlez à tort et à travers votre masque FFP2 que vous mettez spécialement pour moi. Vous parlez du devoir inspiré par Dieu envers sa création, celui en l'occurrence de se prendre pour lui. Vous dites qu'il faut répondre aux hurlements, qu'Il le veut. Des femmes, des enfants, des esclaves, des bêtes, des vieux, des condamnés. Vous qui m'avez laissé chialer de zéro à six ans pour faire de moi un homme, vous dites qu'il faut répondre aux hurlements. Pauvre conne. Et si c'était toi, subclaquante sur un lit télécommandé ?

– Ne sois pas vulgaire, Clément.

Mais regardez-le. Papa étouffe, comme moi, d'une maladie si humble qu'elle n'a pas vraiment de nom, sinon la peur de quelque chose qui viendra ou pas. Il s'agit de comprendre et vous voulez piquer dans la viande. On dirait moi avec Laure.

– Tu penses encore à cette femme ? Mon Dieu ce n'est pas terminé ?

Presque. Vous entassez tout le monde dans la même fosse, n'épargnant pas davantage Jézabel que le clébard, vous haïssez ce qui vit sans dogmes. Ne restez pas dans le courant d'air ou mettez un châle, bordel, à quoi bon une pneumonie qui ne vous terrassera pas, ce sera des frais et des formalités pour ma gueule. Cette femme s'appelle Laure, elle m'aime, comme quoi. Pour le moment aveugle mais pas trop con, Laure comprend peu à peu ce qui l'attend en termes de nous. Rien. Absolument rien au-delà du pronom. C'est une femme avec des idées, je suis un homme avec un chien, je ne peux pas être partout. Je ne supporte que les fictions, elle a toujours la nostalgie de la vérité. Ses idées c'est vivre, les miennes c'est attendre, un chien devant moi. Bref, vous voyez.

– C'est bien si tu la laisses tranquille, observez-vous sur la base de votre mystérieuse, sinon nulle, science du cœur.

Et de vous lever sans perdre pied, d'aller vers la porte à pas comptés, de m'inviter à me retenir.

– Bonsoir Clément, réfléchis à tout ça.

Bonsoir maman, allez vous faire foutre, Papa mets ton manteau, on y va.

On sera chez nous dans la nuit, on mangera chez Total, tout ce que tu veux. Écoute c'est Chopin dans la radio qui rabâche ses *Nocturnes*, il est infatigable ce mec. Oui on change d'itinéraire. On passe par la ville de ploucs, que je montre où ça commence, cette vaste blague.

Là, c'est la piscine, ça c'était un cinéma. Ici c'est mon lycée où rien de significatif ne s'est passé, ce qui a donc décidé de toute ma vie. Rien sinon cette brune qui, en seconde, m'avait considéré, déniaisé, déçu, Sophie, fille d'une dentiste et d'un arriéré. Elle m'avait sauté. J'en étais resté comme un con toute une semaine, la suivante je lui avais torché des vers à la façon un peu directe d'Apollinaire, elle n'avait pas répondu. Le problème Papa, que tu n'auras jamais, en plus de l'autre calamité, la parole, et de l'autre, la vieillesse, c'est qu'on vient tous de là. Le lycée. L'utérus et le lycée, et après c'est foutu. En amour, on n'est que le résultat du lycée. Si on te dit le contraire, on te ment. Bref, mes vers, l'amazone les avait tout de même fait lire à deux ou trois petits enculés. J'étais devenu le poète, crois-moi ce n'était pas un sacrement dans ce trou, puis le pouet. Je n'ai pas désespéré de l'humanité tout de suite, j'aurais dû. Mais à l'époque j'en attendais encore beaucoup. De l'amour, au moins de la reconnaissance, des partouzes. Et puis je t'ai trouvé, gare de l'Est, j'avais dans l'idée de me mettre sous le Paris-Metz. Ou du moins je me le racontais.

Nous avons un message, suite à mon annonce. Encore une preuve que Laure fait ce qu'elle dit, on pourrait s'inquiéter. Je te cherche quelqu'un pour jouer, pour m'appeler si tu paniques. Non je ne peux pas t'emmener au bureau. Alors oui, l'animal domestique est désormais exceptionnellement autorisé en entreprise, sur demande motivée du salarié dépressif, de même qu'apporter un nourrisson en cas d'allaitement, mais il faut faire la démarche très en amont. Et c'est de la paperasse, des certificats, des questions indiscrètes, et souvent c'est non. Bref, le message dit je m'appelle Cécile, j'aime les animaux, je n'ai pas le permis mais mon brevet de secouriste. Parfait. Elle est libre comme l'air, tu vois Papa, le vent tourne. J'avais une tante qui s'appelait

Cécile, elle était dans le textile à Lyon. Elle est venue une fois du vivant de mon père, elle m'avait offert une écharpe de l'OL. Elle est repartie, je ne l'ai jamais retrouvée. L'écharpe. Elle, j'imagine qu'elle est morte.

Tu interromps par trois fois le cours magistral « Histoire de l'espace public » pour marcher dignement vers la porte puis franchement courir vers les toilettes. Crispée sur la lunette, il te semble uriner un mélange de sang et de lames de rasoir, et tandis que tu demandes pardon au plafond te revient le cauchemar de cette nuit, surgi d'un catéchisme désormais connu. Tu étais ficelée debout sur un mât, lui-même dressé sur un monticule de bois, tu te sentais léchée par un homme à genoux devant toi, mais en baissant les yeux, tu découvrais des flammes entre tes jambes car c'était un bûcher. De mieux en mieux. Ton esprit obsédé confond la cystite et la juste tourmente du Feu éternel, tu te rêves sans vergogne en raclure biblique sanctifiée par la douleur. Toujours et encore Clément avec ses démons, ses icônes et quoi d'autre encore qui te défonce à l'instant la chatte. Tu ne t'étonnes plus de ces coups d'état permanents.

Tu reparais à ta chaire de l'amphithéâtre C. Tu invites une étudiante timide à retirer courageusement son masque Afnor en batik pour lire ce passage d'Habermas que tu as distribué en début de cours. Elle a le timbre de Vanessa Paradis. Les autres l'écoutent dans un silence de salle Pleyel.

– Ce qui s'exprime dans le terrorisme c'est le choc, funeste dans son caractère aphasique, entre des mondes qui, par-delà la violence muette des assassins et des missiles, sont mis en demeure de développer un langage commun.

Tu lui demandes de relire à partir de choc. Tu viens de comprendre quelque chose. Elle relit. Le choc, funeste dans son caractère aphasique, entre des mondes qui, par-delà la violence muette des assassins et des missiles, sont mis en demeure de développer un langage commun.

Voilà. Tu es le terrain d'une bataille de cet ordre depuis toujours. Tu cherches un langage commun aux femmes antagonistes que tu abrites sous ta peau trop courte.

– Madame ? Je continue ?

– Merci.

Tu commentes, machinale et savante, puis tu te tais afin qu'ils rédigent. Tu trouves encore un repos dans ces trois temps que tu connais par cœur. Tu aimes enseigner comme on se délivre d'un corps lourd. Tu fais de ton mieux, le reste ne t'appartient plus. Les enseignants du supérieur se font démolir ou remercier à coups d'étoiles sur des applications dédiées au partage d'expérience, comme la première chambre d'hôte venue. Tu songes à cela, en contemplant les rangées de masques cousus main. Tu songes aussi qu'il ne reste, à part Vanessa Paradis, rien du monde où tu es née. Quand l'échangisme était décadent, l'avion de Saint-Exupéry introuvable, la gauche sérieuse et le Monopoly juste un jeu. Rien, pas pierre sur pierre. Ni la neige, ni la télévision.

Tes absences et tes phrases incomplètes ont eu raison de l'attention relative des masques. Étudiants ankylosés, déshydratés, chute de la glycémie, relâchement des corps propre aux matinées sans protéines, bavardages. Au second rang, un Vincent que tu sais assez beau, écoute les commentaires inaudibles d'une Roxane qui semble n'avoir jamais rien entendu de si piquant. Tu es jalouse.

Il est 11 heures. Tu vas pouvoir t'imposer chez un médecin, n'importe lequel qui ne soit pas ton médecin de famille, à savoir ton mari. Tu remets au lendemain d'imprimer l'annonce que t'a envoyée Clément. Trente euros de l'heure pour garder un chien à Paris quand certains de tes étudiants prennent moins pour donner des cours de français à des immigrés, est-il décent d'afficher cela. Tu n'as pas la réponse et pire, elle ne t'intéresse pas vraiment. En fermant ton bureau, tu croises Jean-Michel qui ne fait plus l'effort de te draguer. Tu dois enfin avoir l'air d'appartenir à quelqu'un. Deux heures plus tard, le docteur Bertegey te reçoit entre deux rendez-vous, comme ils disent.

Bientôt, trouvé en deux minutes par la puissance de l'algorithme Doctolib, ce parfait inconnu émet un avis nécessairement plus scientifique que tes nouveaux délires empruntés aux barbares grandis en robe à l'ombre des clochers. Encore que. Point de feu destructeur, de bûcher expiatoire, tu es victime d'une bactérie. Ou d'une infidélité. Ton époux aura rapporté des germes étrangers, voilà tout, si ce n'est toi. Mais il n'est pas là pour en débattre. Bien sûr il prescrira un traitement après analyse mais il n'en connaît qu'un au fond. Le respect. La probabilité d'infection le tracasse toutefois moins que ton poids de jockey. Enfin le tracasse. Façon de parler, corrige-t-il. Tu comprends que son combat ce n'est pas toi, c'est l'obstétrique et les femmes respectables. Celles qui suivent leur destin biologique et pas le premier venu. Bref, 43 euros plus un timbre pour la feuille de soins, la télétransmission non, la machine est pétée. Uroculture et recherche de pathogènes génitaux, examens cytobactériologiques d'un prélèvement urogénital sur l'individu décadent, consentant, immunodéprimé, présentant les symptômes de l'IST. Le laboratoire est en face, si toutefois vous êtes à jeun à 11 heures.

– Oui

– J'en étais sûr. Rien dans l'estomac. Ce n'est pas bien.

Le laboratoire d'analyses est en face. Urines à recueillir par miction à l'intérieur de ceci, remplir jusqu'au trait, uniquement le second jet, le premier ne vaut rien. Quinze euros moins la part mutuelle, restent huit à ta charge. Pour les résultats, trois jours par la poste, un seul par Internet merci de fournir une adresse électronique valide. Tu quêtes la lueur de compassion dans l'œil de la laborantine, entre filles qui se grattent, qui pissent le sang par amour. Mais rien. Elle en prélève dix par jours des comme toi.

Vingt-quatre heures plus tard, beaucoup d'hématies et les leucocytes explosant la barre des 200 000 pour une valeur de référence de 10 000 et l'habituelle *Escherichia coli*, permettent de conclure à l'infection des voies urinaires. Tu es à la station Saint-Michel quand tu lis la prescription que Bertegey adresse à laureprieur1@gmail.com, deux boîtes de Ciprofloxacine, t'encourageant à traiter le ou les partenaires. Le médecin ajoute entre parenthèses que les analyses révèlent ce qu'il avait conjecturé, une grossesse, cordialement Dr Pierre H. Bertegey, ancien interne des hôpitaux de Paris, ancien chef de clinique, membre du cercle des médecins militaires.

À cet instant tu es dans la rue, tu marches un peu sonnée vers la place. Sur les marches en retrait de la fontaine, un musicien essouffle son orgue de Barbarie pour un refrain que tu ne connais pas. Tu entends des moteurs passer la première au feu vert, des cris, des pas venir de Saint-André-des-Arts, le bouillon de la vasque aux pieds de l'archange Michel, des bus lâcher leurs gaz sur des colonnes de touristes déçus par la fontaine de 1867. Mais aujourd'hui 1867, c'est toi. Pas l'ombre d'un progrès. Et la vieille langue maternelle chante quelque part, fausse madone, vrai cancre tu les enchaînes, la honte, le chancre et un bâtard, on t'avait dit tiens ta chaîne, baisse les yeux, traîne pas tard, avec ces voix communardes d'avant les Fréhel, d'avant les Piaf, sur cet orgue réaliste et noir que rien ne fracasse.

10 décembre, 19:12, TC 36,3°, FR 19/min, FC 75/min, TA 17

Alors non je n'étais pas dans l'état idéal pour passer une heure à descendre des chopes avec Frédéric, journaliste économique mort de faim. Mais j'avais besoin d'alcool, de répondant et tu as tes limites comme interlocuteur privilégié. À la question pourquoi une femme quitte un homme qu'elle aime, pourquoi de vive voix quand on a à portée de main une technologie permettant de s'éviter la déflagration d'un « C'est terminé Clément » insupportablement oral, la sueur en face dans un café, les mains qui tremblent, ne me dis pas que tu avais la réponse. Mais si oui je m'engage à reconsidérer le score de la bataille de l'évolution, celle que tu es censé avoir perdue. Et dire que c'était un partout. Alors ?

C'est bien ce que je pensais.

Pourquoi Frédéric, ça c'est à ta portée. C'est élémentaire. Frédéric est le seul à décrocher immédiatement et à rappliquer aussi sec quand je prétends avoir des choses à lui dire. Pourquoi ? Parce qu'il travaille chez Bloomberg, son job consistant à publier les informations que le mien consiste à retenir. Je comprends les mômes de trois ans, c'est agréable ce ressassement crétin du pourquoi. Ça berce. Pourquoi soumettre à la sagacité modélisante d'un économiste un nébuleux problème relationnel ? La réponse est dans la question. J'ajoute que Frédéric avait pris l'option psycho à la fac et c'est normal d'exploiter une formation gratuitement acquise pour secourir un ami. Ça s'appelle la redistribution des richesses. Encore un truc qui nécessiterait une note de bas de page si on avait du temps. Vite fait, on a inventé l'idée de la redistribution avec celle de capital, pour faire passer la couleuvre avec l'eau du bain. Aujourd'hui ça concerne surtout les savoirs et les biens immatériels, tout va bien. Frédéric était là le premier avec une chemise à carreaux, à ton avis pourquoi ? Après j'arrête. Parce qu'il n'a pas pris le virage de la mode, exactement. Et le virage du numérique non plus apparemment, il avait aussi *Le Monde* en papier. J'ai dit range-moi ça, Frédéric, comment ça va à Versailles ? Il m'a dit moi je vis toujours à

Courbevoie. Tu t'endors Papa. Tu sens que ça va être long pour pas grand-chose. Tiens le coup, l'idée générale de la fable c'est qu'à force de retenir, un jour on en fout partout. Mais ça s'introduit, crois-moi. Sinon c'est incompréhensible.

Je lui parle de mon problème d'homme à homme avec les détails de procédure, je le sais attentif à ces sujets. Frédéric est quelqu'un qui a fait l'amour une fois avec une seule fille de Langues O' à Jussieu, dans ma chambre. Au départ c'était juste pour s'y mettre et créer du lien social qui nous manquait cruellement à la fac, mais il l'a épousée dans le mouvement et la confusion des projets. Ça n'a rien donné à part quatre enfants à Courbevoie donc, et lui qui travaille beaucoup. Depuis la vie amoureuse de son prochain l'intéresse énormément. Mais sans émotion, un peu comme regarder des coléoptères dans une verrine.

Je devais être assez flou car il m'a dévié beaucoup plus vite que d'habitude. Je disais Laure il me répondait et qu'est-ce que tu veux y faire, rien, et sinon au bureau, ça va ?

J'essayais encore de tenir la corde. Je n'avais toujours pas d'explication satisfaisante à la rupture brutale qu'avait déclarée Laure. Je n'avais rien dit de particulier, je savais exactement comment la faire jouir, je connaissais sa couleur préférée, alors quoi.

– Tu penses que c'est physique ? osais-je envisager.

J'ai en effet un menton auquel certaines femmes ne s'habituent pas, impossible de le cacher sous une barbe car j'occupe au sein de l'entreprise, une fonction au service de la transparence. Mon menton pouvait faire obstacle, quoi d'autre.

Il a terminé sa bière. Il me trouvait très beau comme j'étais. Le problème pour ta comment tu l'appelles, Laure, c'est pas toi c'est l'autre. Ou plutôt toi *et* l'autre, le cumul.

– Car comme dit ma femme, la Terre n'a pas deux soleils, Clément.

J'en suis resté baba. Il allait encore plus mal que moi.

Il a regardé l'heure et m'a récité les rumeurs qui traînaient sur la Banquise, souhaitant connaître le degré de confiance qu'on pouvait leur accorder. J'ai dit que certaines étaient plus fausses que d'autres et que Laure s'endormait sur le ventre avec moi. *A priori*, ça c'était un signe de confiance.

– Et la rumeur que vous allez sortir de la cotation, elle est censée endormir qui ? souriait

Frédéric dans sa barbe qu'il pouvait se permettre. La porte faisait ding à chaque client qui entrait. On ne s'entendait pas bien, en plus du problème naturel d'incompréhension entre les êtres.

– Vous allez sortir de la cote ?

Ça aussi ça nécessiterait une note de bas de page, Papa, je les mettrai plus tard si j'ai le temps. J'allais dire que Laure préférait sûrement qu'on reste en Bourse quand la porte a recommencé. Et c'est là que j'ai vu entrer un corps non étranger. L'ancien directeur des risques de chez nous. Celui qui s'était évaporé en deux heures en 2018, sans une carte postale et sans que j'y repense. Vincent quelque-chose.

– Clément t'es avec moi ? C'est un scénario la sortie de cote ?

– Oui, un jour.

J'aimais beaucoup ce type, Vincent. Il portait des cravates comme mon père, avec des motifs hippiques.

– Un scénario central ?

– Central.

Le directeur des risques s'est assis au fond avec la grâce des fantômes. J'étais très ému. C'est rare de voir les dépouilles en vrai, dans la mort contemporaine.

Après quoi, Frédéric s'est rapidement dirigé vers la porte. Subitement il a eu ses enfants, Ondine, Lazare, Augustin, etc., et la mère d'iceux qui n'en pouvait plus de ses horaires de bureau. Le bureau c'était moi, des fois que je me pose encore la question. J'ai dit vas-y, je paye. Il a payé et il est parti.

Je suis resté dans la mesure où les Ondine et Augustin moi, Dieu m'en préserve. J'avais la soirée. J'ai hésité à migrer vers la table de feu le directeur des risques, j'ai fait un signe qu'il n'a pas vu. L'un de nous deux devait vraiment être mort, lui ou moi. Mais ça ne m'intéressait pas assez de savoir qui pour que j'insiste, la main en l'air.

Tu déplies la nappe de coton brodé, celle qu'on ne sort qu'aux occasions et Anna s'en étonne. Elle demande ce que l'on fête. Rien. Mais plus tu salis les tiens, plus tu t'accroches au linge blanc, semble-t-il. Tu veux aussi manger avec les couverts lourds, l'argenterie des beaux-parents, éviter le plastique sur la table et les gamelles imprimées. Tu tiens à te distinguer des bêtes et tu donnes où tu peux des gages de ta décence.

– On ne fête rien ma chérie. C'est joli c'est tout.

– Les filles, c'est moi, je vais chercher les pizzas ! crie Anton à la porte car nous sommes vendredi, jour de paresse.

Bientôt voici ta famille distribuée autour de la table chacun découpant dans la porcelaine une nourriture sans cuisine.

– Tu veux de l'huile piquante ? C'était aujourd'hui le comité de recrutement ?

– Oui.

– Oui c'était aujourd'hui ou oui de l'huile piquante ?

– Les deux.

Tu passes les plats tièdes, ubérisés. Ta mère depuis la tombe te suggère qu'avec trois enfants il faudra, *primo*, te mettre davantage en cuisine. *Secundo*, songer à te rendre entièrement disponible pour les tiens. De toute façon, pour ce que tu gagnes.

– Ben raconte.

– C'est sans intérêt.

– Tes journées ça nous intéresse, sourit Anton, disposé à préparer une harmonie qui devra tenir jusqu'à dimanche.

– T'es sûr ? dit Véra.

Tu délègues à une Laure inconnue de parler à ta place. Te fendre en deux t'était devenu effroyablement naturel, désormais, c'est vital. C'est ça ou te barrer. Tandis que Laure verso, minuscule et effrayée, écoute gonfler une vie dans son ventre et la mère de sa mère lui parler d'eau chaude et d'aiguilles à tricoter, Laure recto raconte un instant de politique universitaire. De plus en plus acrobatique. Oui, dit Laure recto, l'audition des candidats s'était tenue aujourd'hui. Elle siégeait au titre des 50 % de femmes devant par décret participer au comité de recrutement d'un maître de conférences, poste à pourvoir suite à la démission rien de moins qu'inexpliquée d'Hadrien. Un collègue dont tu n'as jamais rien su, sinon qu'il tenait beaucoup à son H.

– Peut-être qu'il n'en pouvait plus de lire Adrien sur les tableaux de charges ? conjecture Anton.

Le premier candidat s'appelle Raphaël, poursuit comme une machine Laure recto. Rien d'extraordinaire sur son CV mais il est très calé sur Nautilus et toutes les nouvelles interfaces. Enfin quelqu'un à qui on pourrait demander de débloquer l'accès sur Apogée.

– On te demande pas ce que c'est, tout ça. Passe-moi ta croûte, c'est du gâchis.

La deuxième candidate c'était Anne-Laure immédiatement hors course sur ce poste pérenne dès lors qu'elle pouvait servir encore deux ans comme Ater à plein temps. Comme elle pensait avoir ses chances, elle s'est bien défendue, la biche. Tu précises te faire ici l'écho d'une pensée dominante qui n'est pas la tienne.

– Pourquoi il est éteint ton téléphone maman ? digresse Véra.

Parce que Laure verso commence à quitter la seule personne dont elle désire les appels. Le troisième candidat c'était Nicolas, reprend Laure recto, increvable. Également Ater à l'origine, on avait fait durer Saint-Nicolas avec des vacations pendant sept ans. Présent H24, il assurait à la fac une véritable conciergerie. Aucun problème soumis par un étudiant dont il ne trouve la solution, c'était un père. Il avait d'ailleurs deux enfants, nés tandis qu'il poursuivait sa thèse. En renonçant à peu près à tout, ils avaient vécu à quatre sur sa bourse doctorale et des prêts de ses parents. La pauvreté est un pli qui doit se prendre tôt chez les intellectuels, les enfants.

– C'est faux, dit Anton.

– Tu sais pas, toi t'es un âne, constate Véra la bouche pleine.

– C'est gentil un âne, contribue Anna.

Pour Saint-Nicolas, être recruté comme maître de conférences dans son département était une évidence, une urgence et la garantie de restaurer l'estime de ses proches bien entamée par onze ans de chauffage éteint, neuf mois sur douze. L'aura de ses recherches ne fonctionnait plus sur sa femme depuis longtemps, ses enfants le regardaient de haut.

– Vous l'avez pris lui ? Je termine la quatre-saisons, elle refroidit.

– Non, bâille Laure recto.

– Pourquoi !

– Pure injustice, se fatigue-t-elle d'avance à l'idée d'expliquer la vie.

– Tu reprends du Lexo ? s'énerve Anton.

– Un peu pourquoi ?

– Ça s'entend.

Anton plie sa serviette et annonce qu'il va se coucher tôt. Est-ce cette conversation ou la fin de semaine, quelque chose l'assomme.

– Reste assis, dit Véra.

– Pardon ?

– Maman a fait péter la nappe à broderies, il y a forcément une annonce à la clé.

– Non, dis-tu, si fort qu'Anna sursaute.

– T'es sûre ?

Véra répète deux fois, tu es sûre, tu es vraiment sûre, prétendant que c'est l'occasion, que vous êtes tous là. Tu sais mettre suffisamment de supplication dans ton regard pour qu'elle arrête. Elle se lève, les autres à sa suite. C'est vendredi, chacun fait ce qu'il veut, on fera la vaisselle demain matin.

Véra annonce qu'elle rentrera tard, elle a rendez-vous avec une amie, à Paris. Elle veut de l'argent. Anton l'invite à trouver un travail à la fin, elle doit bien savoir donner des cours de quelque chose ou arroser des plantes. Elle lui dit qu'à trouver un job, elle s'y emploie. Il n'aura bientôt plus le loisir phallocrate de la voir pleurer pour dix balles tous les trois jours. Mon Dieu, soupire Anton, annonçant que le Lexomil il pourrait s'y mettre aussi, invitant Anna à chercher avec lui la télécommande. Véra attend son fric. Molle et désinvestie, tu l'invites d'un geste à se servir, ton sac est dans l'entrée.

Tandis qu'elle retourne tes affaires personnelles avec une aisance de prospecteur surentraîné, tu te souviens du jour où elle avait mis un garçon à la porte de votre appartement, un garçon venu pour toi. Elle avait six ans, vous étiez alors unies en tout. Le jeu, les repas, le sommeil, les courses, le dimanche, les livres, la mer en juillet, tout. Ce soir-là, tu la pensais endormie sur la mezzanine qui augmentait de deux mètres carré ton studio de la rue Parmentier. Toi et ton invité envisagiez sur le canapé dépliable de l'unique pièce, une de ces étreintes silencieuses, rapides et tout habillés qui alors te servaient de liberté. Il embrassait ton cou, vous fermiez les yeux. Elle est venue tirer ta manche, tu ne l'avais pas entendue descendre. Elle a regardé le pauvre gars qui se recoiffait avec les doigts, disait bonjour comment tu t'appelles, c'est quoi sur ton pyjama, des étoiles, et cherchait son verre. Après examen, elle l'avait déclaré trop vieux pour toi, trop gros pour la pièce, et se serrant dans tes bras avait demandé qu'il s'en aille. Il était parti. En la recouchant, vous aviez ri.

– T'es fauchée, maman, désespère Véra, t'apportant ton cabas.

En effet, de l'argent liquide, tu n'en as pas. Tu n'en as jamais. Tu lui donnes ta carte, dès lors qu'elle connaît le code, n'est-ce pas. Avant de refermer le sac, tu en racles le fond à l'aveugle jusqu'à sentir le minuscule et vert pilulier. Tu avales sans eau un quart de cachet, Véra claque la porte, Anton accompagne à la salle de bains puis dans sa chambre, Anna qui demande pourtant un dessert. Tu restes à table, à retirer les olives noires de ton tiers de margherita refroidie. Tu cherches à te souvenir quand. À quel moment Véra et toi aviez cessé de vous appartenir. Sûrement très tard, au moment où ta passion pour Clément l'avait déclassée sur l'échelle du grand amour. Tu essaies vaguement d'évaluer dans quelles proportions tu continueras à le payer, ce que tu vas dire, aux uns, aux autres quant à cette grossesse qu'à aucun moment tu n'envisages d'interrompre, comment tu vas faire. Tout ceci sans effroi, sans larmes, sans trop d'agitation, tandis que tes nerfs, ton sang et bientôt ton intelligence se retirent du problème par la grâce des benzodiazépines.

Donc tu le gardes, regrette ta grand-mère de là-haut, au paradis des sacs à viande fournis en robes de mariée. C'est bien la peine, de disposer des moyens de son temps pour s'en coller sur le dos autant qu'en 1945.

Oui tu le gardes. Et son père sera Anton. Clément n'en voudrait pas. Il a déjà trop avec lui-même, mamie, l'air à respirer, son cœur à faire battre.

Un peu plus tard, Anton est revenu dans la cuisine, s'arrêter devant toi, laissant entre ton corps et le sien plus ou moins quatre mètres. Il t'a regardée passer une éponge inutile sur les plaques de cuisson. Il a placé en silence quelques trucs dans le lave-vaisselle, avec moins de précaution qu'à l'ordinaire, il n'a pas au préalable rincé les assiettes. Et puis il a demandé, en programmant un cycle Éco de deux heures trente, si tu avais rencontré quelqu'un. Tu as dit pourquoi. Il a répondu pour ça, en te désignant du menton, comme si quelque chose sur ton visage se passait désormais de commentaires. Il ne te reconnaissait plus, ni tes vêtements, ni ton odeur et parfois même, il t'aimait moins. Il avait comme peur, comme mal. Il cherchait une explication. Tout s'explique.

Tu as dit non, personne, sur quoi Laure verso s'étouffant, tu ne pouvais plus rien ajouter. Tu as franchi les trois mètres pour l'embrasser et c'était comme franchir un tapis de pointes, pieds nus. Ce soir Laure recto lui fera l'amour bien que cela dégoûte Laure verso, et même la tue. Elle nous emmerde celle-là, elle regardera ailleurs, on lui mettra sous la langue un autre quart de Lexomil. Sinon par quel miracle, sans rapport sexuel depuis trois mois, Anton pourrait-il concevoir dans trois semaines, que vous attendiez un enfant, elle y a pensé à ça, la délinquante ?

10 décembre, 20:22, TC 36,3°, FR 19/min, FC 75/min, TA 17

J'allais partir quand j'ai vu au bar, une fille dans les vingt-cinq ans, juchée sur un tabouret et qui envoyait dans ma direction des sourires équivoques. De loin elle n'était pas mal, sauf les jambes, trop courtes, mais il suffisait de regarder plus haut. Des seins d'une rare tenue, qui tressaillaient sous un t-shirt rayé rouge et blanc, au rythme de la main qu'elle agitait pour se signaler. J'ai fait un petit signe aussi, pour voir. Elle a souri plus fort, plus fixement, la tête penchée sur le côté, comme s'il s'agissait de calmer un chevreuil pour qu'il s'approche. Je n'ai pas trouvé ça bizarre, sanglé que j'étais dans mon costume Kenzo, le bleu que je sors pour les actionnaires et pour humilier les journalistes. Je serais selon Laure particulièrement beau gosse dedans. Je me suis approché. Plutôt vingt ans, vingt-deux maximum, pas très grande, petits yeux, beaux cheveux mais pas soignés, bref ordinaire, mais j'étais pas contre l'idée de me faire, pour une fois, sauter dans les toilettes d'un bar. Un truc un peu crade, un peu dégradant, aussitôt subi que pardonné. Je me voyais déjà en martyr bourré, le Kenzo affalé sur mes pompes, épongeant la pisse des ivrognes tandis que je déchiffrerais des insultes gravées sur la porte, ma queue fourrée dans une inconnue qui, placée sous la lumière des sanitaires, se révélerait être un trav, encore mieux. Je me voyais surtout raconter ça à Laure, qu'elle mesure ma peine au niveau de déchéance.

– Je suis Cécile, elle m'a dit, vous êtes Clément ?

Ah oui. L'étudiante. Je me suis souvenu lui avoir effectivement donné rendez-vous dans la foulée de Frédéric. Elle était là pour le casting de *dog-sitter*. Bonjour je vous cherchais, j'ai dit tandis que se brouillait l'image pieuse des toilettes. J'ai tout de suite reconnu le profil. Idéal. Une jeune pas maquillée en marinière Armor Lux avec l'éternité devant soi, un air passif qui dit entrez, c'est ouvert, je n'ai que ça à foutre. Dans la vie elle gardait des enfants et poursuivait à la fac une licence en je ne sais déjà plus quoi. Elle avait vingt et un ans. J'ai posé trois questions standards sur sa capacité à lire la posologie d'un médicament, à lancer une balle. Je lui ai donné le job, puisqu'elle l'avait appris avec de vrais mômes et que c'était la seule candidature. Elle semblait ravie comme si elle avait décroché, je sais pas, un truc super. Après quoi et puisque j'étais son boss, je lui ai demandé de rester boire un verre, elle a dit d'accord, elle a bu des cocas et je lui ai parlé d'une autre.

Elle m'a énormément écouté, adorable, elle posait des questions. Et cette femme comment l'avais-je rencontrée, que lui trouvais-je, envisageais-je puisqu'elle se barrait, de lui courir derrière, tout ça. Si je ne savais pas que c'était la gratitude de l'embauche à une époque où les étudiants couchent pour des stages, j'aurais demandé si c'était pour un journal ou une association. J'avais tellement besoin de quelqu'un juste pour moi et pas à partager ou pour bosser, que j'ai tout donné. Toute l'histoire. Mais un peu comme on ouvre une poubelle, pas plus. C'est dégueulasse, oui. J'ai fini par me souvenir qu'il y avait une vraie personne sur le tabouret quand elle a bâillé et m'a dit très gentiment vous êtes un goujat. Ça faisait deux heures de Laure. Elle était déçue, elle s'attendait sûrement à quelque chose de plus personnel.

Le pub a fermé et m'a laissé sur le boulevard, avec des gens de mon âge dans le tas. J'ai proposé à Cécile du tabouret de rester ensemble et d'essayer de faire l'amour dans le strict cadre de notre collaboration et pour mieux se connaître et j'ai attendu la réponse. Normalement, à son âge et à bac + 3, elle aurait dû me répondre que mes propos fleuris sur les résidus puants et mal digérés de la domination masculine, me constituaient métaphoriquement en chiure de la société. Quelque chose comme ça. Mais elle n'a rien dit. Juste non. Peut-être faisait-elle déjà partie de celles qui pardonnent, ou de celles qui s'en foutent. Elle a un peu traîné quand même. Soi-disant que ça l'emmerdait de laisser un type en larmes dans la rue. J'ai dit que ça irait, que ce n'était pas des larmes mais une sorte de bave, je ne m'en rendais même plus compte.

11 décembre, 07 : 22, TC 36,3°, FR 19/min, FC 75/min, TA 17

La bande originale d'*Orange mécanique*, ce n'est pas mon réveil, je ne suis pas dingue. C'est la sonnerie à réveiller les morts que j'ai programmée pour les appels d'Oliver. Je dis allô, il dit c'est quoi ce bordel, je dis je te rappelle dans deux secondes. Le temps de découvrir une dépêche de Bloomberg ce matin, diffusée une heure avant l'ouverture des marchés, annonçant officiellement que « selon une source officielle proche de la direction générale » notre sortie de la Bourse était un « scénario central ». Je rappelle Oliver pour dire aucune idée, aucune idée de l'identité de cette dévastatrice source officielle proche de la direction générale, il répond prends-moi pour un con, Frédéric chez Bloomberg, c'est ton pote ou c'est pas ton pote. J'ai dit non, pas du tout. Puis j'ai renié trois fois Frédéric par amitié. En effet, l'interprétation courante est de voir en

Judas un enculé. Or, Judas c'est précisément l'ami, celui qui aime le Christ, c'est écrit tel que.

J'ai rédigé un démenti sincère et *illico* disant qu'aucune privatisation ne se préparait et qu'on cherchait pour la pendre, cette source mythomane. Mais après la dépêche de Frédéric, le cours avait bondi de 20 %. L'Autorité des marchés qui nous avait déjà dans le pif depuis juin, nous a accusés dans la journée de manipuler le cours pour remédier à nos récentes difficultés. Oliver passait des coups de fil pour dire qu'on enquêtait en interne. De mon côté, je préparais ma communication pour le colloque de Laure, curieusement pas dérangé par ma hiérarchie. Et toi Papa, ta journée avec Cécile ? Attends. Un appel, mon téléphone joue *Jeux interdits*. C'est Laure. On va pouvoir reparler de ce ridicule SMS de rupture et se revoir. Je reviens et on reprend.

Elle va très mal. L'autre, le chasseur-cueilleur a pété un plomb pour une raison qu'elle a refusé de me communiquer, au motif qu'elle relevait du secret familial. Il est parti à la neige, ses skis sur l'épaule, sa fille sous le bras, criant devant la gosse qu'il n'était pas certain de rentrer. Tu vois le tableau. Peut-être qu'il a appris ce truc qu'elle lui avait caché. Non pas moi, elle me l'aurait dit. L'autre truc. Tu sais, sa fille, l'aînée, celle qu'on n'a jamais vue. Elle avait fait quelque chose de formidable dans le cadre de son voyage initiatique vers la taule. Je ne me souviens plus exactement mais en gros elle avait chié dans le plat pour cracher dans la soupe, c'était brillant. J'ai dit, jaloux comme un pou, ta vie est pleine de rebondissements, t'as de la chance. Laure a été atterrée que je rigole alors que je ne riais pas vraiment. Le vide empathique qui me tenait lieu de cœur la désolait, m'a-t-elle balancé et si tu veux mon avis, ça sentait la phrase préparée depuis un moment. Je ne savais plus quoi dire. J'aurais bien sûr pu surenchérir en racontant comment j'avais en une soirée, coulé ma banque de mes propres mains sans faire exprès. Mais puisque ce n'est pas exactement vrai, qu'il ne se passera évidemment rien une fois la neige retombée, je serais passé pour un poseur, un vantard. Elle a crié que j'étais un autiste ma parole. Comment pouvais-je à ce point me taire et la laisser encore parler toute seule dans le désert, n'avais-je rien à dire d'un peu réconfortant. J'ai répondu non parce que c'était vrai. Je n'ai jamais eu de réconfort immédiatement disponible, y compris pour moi-même, à part un chien qui meurt. J'ai dit non en supposant que la vérité était pour elle quelque chose de réconfortant. Elle m'a dit bonsoir et qu'elle préférait que je n'assiste pas au colloque. Elle a raccroché. Je lui ai aussitôt écrit pour vérifier que j'avais bien compris. Mais c'était bien ça. Elle m'annulait. Ce colloque au motif duquel l'on s'était rencontrés, elle ne voulait plus m'y voir.

J'ai eu un SMS de Cécile au même moment. Elle aurait a-do-ré, m'écrit-elle, passer la journée avec toi. Elle a mis des tirets entre les syllabes, elle est jeune. Ça me fait plaisir votre histoire avec Cécile, profites-en, ça va passer. Parle-moi mon chien, démerde-toi, le Ciel est vide et les femmes hermétiques, trouve un moyen, je vais me flinguer.

Des interventions du colloque, tu n'entends rien. Rien d'intéressant, dès lors que tu as annulé l'intervention de Clément, de qui tu n'espérais d'ailleurs aucune lumière mais précisément le contraire. Deux nuits. Une chambre, un lit démonté au champagne, sa peau en province et ton corps entièrement dérobé à la recherche universitaire, deux fois.

Tu passes la parole, tu passes le micro. Les chercheurs rivalisent d'audace sémantique, l'époque reçoit quantité de noms d'oiseaux tandis que toi tu cherches des prénoms de garçon, alignant sur une feuille Pierre, Paul, Jacques.

– Des questions dans la salle ? répètes-tu au titre de modératrice avachie sur le pupitre.

Tu hiérarchises les questions, tu refais passer le micro. Tu comptes les heures qui te rapprochent d'un sommeil de pharmacie en t'essuyant les yeux. Tu pleures beaucoup depuis que tu as quitté cet homme, regrette mamie au paradis des mal occupées. Même en 1944 elle pleurait moins sur son Allemand.

Dernière communication, questions, libération, tu profites d'un mouvement de masse vers les portes de l'amphithéâtre pour disparaître.

– Tu ne dînes pas avec nous Laure ?

– Tu vas où ?

Te coucher, écouter une chanson à texte qui rime avec ta douleur bien méritée. Stephan Eicher, Pierre Lapointe, Richard Wagner.

– Allez, c'est l'occasion, tente un peu Jean-Michel, évasif et rasé de près.

Mais tape-toi Jean Michel au point où t'en es, t'encourage du ciel surbooké, la mère de ta mère.

– Je suis fatiguée.

Tu as pris un hôtel à deux kilomètres de celui de tes collègues et ceux-ci s'en étonnent.

– La plateforme t'a remboursé un quatre étoiles ? Attends c'est pas normal ! s'inquiète vraiment Ouria, professeur émérite.

Tu remplis une baignoire à ras bord tandis que la planète crève de soif et ça déborde. Tu fais tout déborder. Bientôt immergée dans l'eau trop chaude, tu t'ébouillantes à hurler. Bravo, tu vas encore te faire éclater des veines autour des genoux. Tes jambes seront peu à peu insortables. Tes jupes s'allongent déjà. Demain tu passeras l'été disparue dans les ensembles en lin des femmes sur le retour, tandis que tes filles en short poursuivront seules l'histoire de l'amour. Tu les haïras, comme ta mère avant elles. Tu boiras trop, elles auront honte, et alors ton regard pas assez résigné s'attardera sur la jeunesse des hommes. Tu seras presque vulgaire, tu l'es déjà. Tu préfères te dissoudre que vieillir. Tu as emporté un rasoir. S'impose à toi la vision d'une eau rouge.

Ils diront que tu avais tout. Gabrielle racontera la rencontre et la chute, puisque la vérité ne tuera plus personne, puisque ce sera fait. Ils penseront que c'est mourir par amour. Ce sera simplement la nuit et le Lexomil. Anton et Anna sont à Val-d'Isère, ils seraient informés sur le télésiège. Anna en gardera une peur panique des remontées mécaniques, tout à la fois un dégoût des canons à neige et du bain moussant. L'eau est froide. Il faut que tu arrêtes cette saloperie sécable.

Plus tard, langée dans un peignoir XL, en travers de la couette de percaline tu décris la chambre pour Gabrielle. Un mobilier en contreplaqué, sur le lit une bande de velours vert pomme taché de sperme, toi dessus, rien à foutre, ce soir, répètes-tu, tu veux mourir. Tu la déçois, l'amie au téléphone. Elle aimerait que tu saches imaginer une autre histoire, pour une fois. Tu aurais cet enfant avec Clément, vous seriez ordinaires et heureux, tes filles avec vous et Anton ailleurs, pas plus mal qu'aujourd'hui, peut-être mieux. Tu dis c'est impensable, littéralement, Clément ne veut pas. Est impensable, selon Gabrielle, ce à quoi l'on ne pense pas.

– Tu es une femme de peu d'espoir, Laure, souffle-t-elle avant de raccrocher et sa phrase t'accompagne presque jusqu'au matin. Femme de peu d'espoir. Presque jusqu'au matin, insomniaque et désolée, tu la répètes, tu l'adresses au néant, à la lampe allumée, au plafond et le silence te la renvoie comme une balle dans la tronche.

Tu es une femme de peu d'espoir.

Absolument.

Tu n'as jamais rien imaginé d'autre que le scandale et la fin. Ni une maison, ni un enfant, ni la croissance du nous, vos prénoms ensemble sur du papier. Parce que ta religion, la vraie, l'appliquée, la sans dieu, la pas tout à fait républicaine non plus, te l'interdit. Tu n'es pas libre. À ton imagination et à ton désir, préexiste pour toujours une force épouvantable qui les abolit à terme et presque sans combat : le complexe de classe. Cette religion que la mère de ta mère appelait tout simplement la honte, sans faire d'histoires, t'arrête ici. Au seuil d'une fiction d'union dont tu ne parviens plus à te faire l'auteur, intimidée par ton propre rêve. Le pire c'est d'avoir le droit, tous les droits, et demeurer incapable de s'en saisir. C'est ça, mamie, la honte, en vérité.

Alors bouge-toi le cul ! hurle la mère de ta mère au ciel des usées, des machines à laver, des trop nazes pour s'écouter parler. Qu'est-ce que tu fous toute seule, à te toucher dans la baignoire d'un bouclard étoilé, à bavarder même la nuit la langue morte de tes humanités. Réagis ou je t'envoie la foudre.

13 décembre, 02 : 12, TC 36,5°, FR 19/min, FC 75/min, TA 17

Laure m'a rappelé vers 19 heures. J'ai compris à sa voix qu'il ne s'agissait plus tellement de réconfort. Elle voulait me parler, c'était urgent et il faudrait me prévenait-elle, pour une fois, pour une fois Clément, répondre.

Elle n'avait pas dit viens, c'est vrai. Elle avait dit rappelle.

Mais comme tu n'étais pas là pour me tenir, je suis sorti du bureau, j'ai suivi sans méthode une piste, une odeur. La sienne. J'ai appelé Cécile pour lui demander de rester. Elle estimait nécessaire de savoir où j'allais dans le cas d'une urgence vétérinaire, je n'avais que le nom de la rue à lui donner, pas le numéro, elle a dit bonne soirée monsieur, alors que je n'avais pas terminé. Non mais. À 30 balles de l'heure à moi de raccrocher. Et elle devrait t'apprendre à compter en prime.

Je me suis arrêté sur la route du rhum, au CubaBar, j'ai descendu deux shots de Santisima Trinidad quinze ans d'âge et je suis allé chez elle en roue libre. C'était officiellement une première. Je ne compte pas la fois où nous sommes allés regarder ses volets fermés, la nuit.

Chez Laure, c'est un pavillon sans vraies grilles, c'est facile, on rentre, on sort, c'est comme elle. Je savais qu'elle serait seule, puisque le gros et les siens skiaient à quatre cents kilomètres. J'ai voulu sonner mais d'un coup je me suis trouvé mieux sur le tapis où elle essuie ses godasses. Enfin ça ou l'alcool, je ne sais plus. Je voulais juste dormir devant sa porte, pour être plus proche, plus domestique. Elle a ouvert et j'ai bien vu que personne ne s'était couché sur un palier pour elle, alors elle a confondu. Elle m'a pris pour ce genre de type, et peut-être qu'au fond je l'étais, on ne saura jamais. Elle m'a serré dans ses bras, j'étais arrivé. À ce moment-là si elle m'avait voulu entier, elle m'aurait eu, alors même que le seul chien qui compte, mourait avec une étudiante en je ne sais toujours pas quoi. Mais ça n'a duré qu'une seconde. Je me suis arraché, j'ai dit alors, tu me fais visiter ? avec le ton du connard qui serait venu pour ça, pour mater.

C'était chaleureux, ça faisait famille. Des meubles ronds et des ampoules à vingt watts un peu partout pour la signalisation, du bois pour le feu dans une caisse crozes-hermitage 2017. Ça sentait l'honnête homme au sens du XVIIIe siècle, amateur d'art, de mathématiques, de football, de vins et de voyages septentrionaux. Quelqu'un ici dont je ne devrais pas être jaloux avait un peu de goût, un peu de fric mais tellement moins que moi. Ça m'a fait bander. Je me déplaçais comme dans une expo régionale, décrivant tout ce que je voyais en ricanant. Je ne la laissais pas en placer une, elle voulait que je m'exprime, je m'exprimais. Elle disait laisse-moi parler, elle avait quelque chose de grave à me dire, je lui coupais la parole pour lui dire t'as des clopes, c'est qui la vieille en photo sur le mur c'est ta mère, il y a quoi derrière cette porte. Je bourrais la parole de conneries le temps que passe l'instant de vérité, ça s'appelle l'instinct de survie. Une fois tirées toutes mes cartouches, je l'embrassais à chaque fois qu'elle ouvrait la bouche. Elle a fini par laisser tomber.

Elle m'a poussé dans un canapé bleu canard, elle dit plus jamais tu te répands par terre, comme tout à l'heure, comme une merde, plus jamais. Et plus tard m'entraînant sur un lit qui ne servait à personne, aux invités des enfants, elle a dit baise-moi, oui là.

Je crois lui avoir fait mal, l'avoir combattue.

– Si tu repars maintenant Clément, je te tue. On doit parler.

Je me suis sauvé quand même, enfin j'ai fait semblant d'aller vers la porte pour la voir effrayée. Je suis revenu. Comme je ne savais toujours pas quoi faire de nous, j'ai regardé partout, elle disait arrête, j'ai commenté les photos de gosses sur le frigo, des vieux tirages gondolés. Je me suis arrêté sur une photo d'elle vers trente ans, sur une plage, avec une gosse dans les bras. L'aînée j'imagine. La gosse avait l'air prête à mordre et Laure avait l'air plus vieille qu'aujourd'hui, c'est marrant. J'ai regardé dans le frigo pour voir ce que mangeait l'autre, du jambon essentiellement, m'étonne pas. J'ai regardé dans l'étagère, les livres étaient classées par éditeur, c'est dire. Sur l'étagère de la NRF, une photo de l'autre, que j'ai eu envie d'appeler Monsieur parce que je n'étais pas fier. Il n'était pas gros, c'était dans ma tête. Écoute-moi, demandait Laure presque en pleurant. Le canapé était bleu mais ça, je l'ai déjà dit. J'ai proposé de laver les verres avant de partir. J'ai fermé la porte, la honte après moi, est-ce que les hommes font ça depuis toujours, Monsieur.

En rentrant, j'ai supplié Cécile de dormir avec nous. J'aurais dû voir qu'elle était un peu remontée, sûrement à cause des heures sup. Elle a demandé combien. J'ai dit c'est 300, 350 dans l'ignorance totale des tarifs de la chaleur humaine. Mais c'était un piège. Elle m'a envoyé toutes les insultes du répertoire académique, de sous-homme à déchet, elle est rentrée chez elle je ne sais où en taxi, avec mon code d'abonné G7. Mais bon, ça tu sais. C'était il y a cinq minutes et tu ne dormais pas. Je vais rester sur le canapé, prends le tapis.

Tu n'as rien dit, tu n'as pas trouvé. Ni le moment, ni les mots, ni le courage, pour dire ça : il se passe quelque chose, mon amour, une conséquence, un événement, j'ai encore essayé de faire tout mentir, l'évidence, la nature et la langue mais c'était un suicide alors écoute, nous avons fait un enfant, réponds.

Trop tard, regrette mamie au paradis des suppliciées vivantes, tu n'as rien pu dire et tu t'es fait enculer. Ça nous change.

Tu plonges dans ton bain, ouverte et presque douloureuse. La pute, dis-tu à voix haute et à propos de toi-même, à croire que personne ne s'aime dans cette histoire. L'eau est chaude et la mousse progresse sous le jet vif. Un parfum d'essence de géranium emplit la pièce.

Tu as dû t'endormir. Une douleur te réveille, vive et pointue, qui vient te chercher comme un viol au milieu des entrailles. Tu cries une fois. L'eau est tiède et la mousse a disparu. Tu suspends ton souffle, tu sais exactement ce qui t'arrive. À partir de maintenant les choses se précipitent et ça commence par toi, par l'intérieur.

Tu sens dans ton ventre quelque chose que tu n'avais pas senti vivre, se dénouer et mourir. L'eau se réchauffe et devient rose en partie, puis tout entière. Entre tes cuisses le flot ne s'interrompt plus. Tu ne dis rien, tu n'appelles personne. Pour dire quoi, à l'aide ? C'est terminé. Tu regardes le rose virer presque au violet.

La fin, c'est ça. Se vider de toute consistance et n'y rien pouvoir faire. Avec le sang dans la baignoire s'écoule un morceau de cette vie. Tu sais que tu as désormais un passé.

Tu sors du bain, tu ne voudrais pas te dissoudre. Le sang continue de te fuir, souverain, plus fort que toi. Les murs tremblent. Ton reflet dans la grande glace devient flou puis s'efface, inutile. Qu'importe à présent ton visage puisque la vraie douleur se voit en rouge sur les carreaux.

Tu ouvres les yeux un peu plus tard, au même endroit et pareillement nue, la tête soutenue par quelque chose, une épaisseur. Tu distingues Véra à genoux, d'abord vague puis nette. Elle déroule dans ton sang des mètres de serviette-éponge qui absorberont peut-être un embryon de cinq millimètres, s'il n'est perdu dans l'eau du bain. Tu voudrais que ce soit un rêve mais la vie n'a pas de ces clémences.

– Tu t'es évanouie, dit-elle.

Tu essaies de dire quelque chose d'humain.

– J'appelle les pompiers ? demande Véra, toute émotion invisible, sinon la fatigue.

Tu hoches la tête pour dire non, tu soulèves la main pour dire c'est terminé. Tu ne saigneras pas davantage, tu le sens. Elle ne te regarde pas, toujours à genoux, s'affairant à nettoyer la mort liquide tandis que tu n'en finis plus de perdre la parole.

– Tu aurais pu en crever. Si j'étais pas rentrée, tu y restais.

Sur le dos, de plus en plus froide, tu fermes les yeux pour dire merci. Tu voudrais rassembler tes jambes sur le côté. Elles sont trop lourdes pour tes muscles, trop loin pour ta volonté. Tu renonces.

– Aujourd'hui c'était mon anniversaire, dit-elle en se relevant.

Tu parviens enfin à dire j'ai honte. Et de honte tu voudrais mourir immédiatement, comme ça, désarticulée sur ton carrelage, qu'elle te croie.

Elle tente de faire entrer dans la poubelle la serviette rougie jusqu'au brun. Tu la regardes ensuite rincer le sang sur ses mains et ses bras. Tu ne pleures pas.

– Tu me dégoûtes, Laure. Vous me dégoûtez.

Elle quitte la pièce en fermant la porte. Tu ne protestes pas, à quoi bon. À dix-huit ans, la pitié ne s'invente pas. Et tu te sens mieux par terre, à cuver ta souffrance naturelle que n'importe où. Tu l'écoutes s'éloigner dans le couloir, aller jusqu'au salon, faire grincer la baie qui coulisse mal. Tu la supposes sur la pelouse, elle aura eu besoin de fumer.

Tu entends alors, venir du jardin, quelque chose de nécessaire et d'effrayant. C'est un cri. C'est Véra, qui fait ce qu'au fond tu attends d'elle depuis toujours : hurler à ta place. Et puis elle recommence. Tu entends claquer les volets des maisons voisines, quelqu'un brailler silence. Elle recommence, elle les emmerde.

Tu écoutes comme un hymne le hurlement que tu n'auras jamais le talent de reprendre et tu penses continue.

À nos enfants,
leur cri d'horreur en naissant,
leur chant d'amour,
mains en sang
sur les tambours.

Le surlendemain, tu retrouves ton corps propre sur un lit d'hôpital, tandis que se dissipent les restes gazeux d'une anesthésie locale. Alors que tu dormais à demi, ton ventre était nettoyé des éventuels et microscopiques résidus embryonnaires. Simple précaution demandée pour la forme par ton gynécologue, les fausses couches précoces s'apparentant souvent à des hémorragies sans suite. Bientôt entre une jeune femme en blouse verte qui vient sourire à ton chevet. Elle t'apprend que tout ira bien, que tout est « parti », tu pourras dans les heures à venir reprendre une vie normale. C'est du passé, madame, dit-elle.

Tu n'as prévenu personne, alors personne n'est venu te chercher, alors c'est plus dur, alors tant mieux. Dehors une pluie dense, inflexible, te fouette jusqu'à la station Port-Royal. Tu entres sous terre sans marcher droit, courbatue, vaseuse et tes fesses déformées par l'épaisseur d'une couche que tu devras porter et remplacer durant deux jours. Tu pouvais prendre un taxi mais tu ne le mérites plus, on te bouscule et tu laisses faire. Te voilà presque soulagée de ne trouver aucune place assise dans la rame, de pouvoir en chier davantage, agrippée des deux mains à la barre infecte. Tu confonds comme Clément, la souffrance avec une sainteté facile, l'humiliation de ton corps avec le rachat de ton âme *discount*. Il te faudra une heure trente pour revenir chez toi. Au paradis des martyres agricoles, la mère de ta mère ne la ramène plus.

Tu as prétendu être à la fac toute la journée, il est seulement 14 h 30, Anton est à son cabinet. Tu as deux heures pour te rendormir avant le retour d'Anna.

Tu te croyais vide, vraiment, l'infirmière te l'avait certifié. Tu es entrée par la fenêtre coulissante du rez-de-jardin, te souvenant l'avoir ce matin laissée ouverte.

Tu as vu, au fond de l'espace cuisine de cette interminable pièce dite « à vivre », Anton en caleçon et chaussettes, affairé vers le sol. Il ne t'avait pas entendue. À genoux devant l'évier, il avait dégondé la porte du placard défoncé et, ayant manifestement revissé les charnières, il tentait à présent d'installer une porte neuve. Il n'y parvenait pas, quelque chose résistait. D'ici tu ne discernais pas quoi.

Il ne te voit pas encore. Il essaie une dernière fois d'ajuster la porte et renonce. Il la pose à l'horizontale sur le carrelage, se relève, prenant appui sur ses genoux, comme si c'était douloureux, comme s'il était vieux. Et puis c'est lui qui bascule contre le mur, d'abord doucement, puis se redresse, la cloison semblant le renvoyer à son travail rudimentaire. Mais il bascule à nouveau, plus décidé, donnant dans la masse un coup d'épaule, puis un autre, puis un coup de genou, puis de tête, mais sans violence, avec le désespoir du passe-muraille, complètement revenu du rêve de la traversée. Soudain il pleure, le visage dans les mains et tu sais ce que tu vois. Quelqu'un qui ne résiste plus à la pire des solitudes, qui va partir ou pire, rester. Alors du fond de la pièce, tu cries c'est moi. Très fort. Au sens de je suis là, au sens de c'est ma faute.

À l'infirmière de tout à l'heure, qui disait c'est du passé, tu voudrais dire non. C'est encore du présent mademoiselle. Un gérondif. Ce n’est pas parti, c’est partant. Quand ça veut, par morceaux.

18 décembre, 8:56, TC 36,3°, FR 15/min, FC 70/min, TA 19

La note de la Banquise est remontée, on a retrouvé un triple A de croisière. L'annonce démentie de notre sortie de la cote a maintenu le titre au beau fixe, après quelques cabrioles bouffonnes pour se dégourdir et passer à la télévision. L'action exécute depuis, une fois par jour, des bonds modestes qu'elle corrige le lendemain. Égale, paisible et pas emmerdante. Aujourd'hui, j'arrive dans l'Espace communication avec, comme tous les matins et tous les tristes sires, une vanne pour crisper toute l'équipe au motif de les détendre. Je sens l'air s'épaissir à mesure que j'avance et je m'arrête net, pulvérisé. Le pool Assistants m'adresse comme un seul homme un regard clairement répertorié. Qu'est-ce qu'il fout là, lui, pense le pool Assistants dans toutes les langues et sans rien dire. Assourdissant. Je ne comprends pas immédiatement et pourtant j'en ai viré des gars, je la connais la partition. On me considère puis l'on vaque. Je me sens comme une mauvaise haleine en suspension. L'effet qui demeure après disparition de la cause et surprend tout le monde, sans vraiment les énerver. Sybille, qui serait chez vous, Papa, l'équivalent du saint-bernard, vient m'accessoiriser d'un café que j'aie l'air réaliste.

– Clément, ton point avec les Ressources, c'est à 10 heures.

Les Ressources c'est humaines. Mais on dit juste Ressources par économie et réalisme. D'accord, je vois. D'où les yeux loin du cœur pudiquement détournés avec discrète panique à bord, sur fond de Chantal va vérifier qu'elles sont bien fermées les fenêtres sur cour et appelle le déminage des fois qu'il ait prévu d'exploser, ce connard. Comme je les comprends. Quelqu'un qui vient se montrer à 9 heures avant un, je cite, pointaveclesressources, ceci au terme des sorties de route que j'ai récemment exécutées, c'est quelqu'un qui a le sens du supplice public. Une pareille chose m'était déjà arrivée un 25 décembre. J'étais venu c'était fermé, sauf le gardien, adorable, qui m'avait montré des photos de sa famille, à Douai. À force de faire tourner la machine elle a ses propres réflexes, elle fait des déplacements, des tours de pâtés de maisons, elle remplit des obligations. La question c'est où suis-je pendant ce temps. Je vais avoir tout le loisir d'y penser chez moi.

Bientôt me sourient les Ressources en la déserte personne d'Aubin, inconnu au bataillon. Tiens c'est un homme. De mon temps les Ressources humaines étaient incarnées par des dames que l'on prenait un peu mamans, un peu militaires, capables de boire à table en discutant du bien-fondé des plans sociaux et de la valeur des Tickets-restaurant, on prenait la fonction pour une affaire sérieuse. Là c'est un petit Blanc tout mou agité d'une toux à ne pas passer l'hiver. Un sans gluten tout droit sorti de l'Essec ou de la pépinière maison qui doit pisser où on lui dit, ai-je méchamment pensé parce qu'en plus du reste, je dois être homophobe. En réalité, je suis toujours intimidé quand je croise un animal encore moins empathique que moi. Je sais qu'on ne va pas pouvoir se mentir et se raconter l'histoire de la fraternité. Qu'est-ce qu'on va bien pouvoir se dire avec Aubin.

– Tu regarderas ça quand tu le souhaites me tutoie-t-il, parce que je ne suis vraiment plus personne, glissant vers moi sa belle main polie, sous laquelle une enveloppe. On fait encore ça, putain. Manque plus que le cigare.

Il doit aller au Nail Bar en prévision de ce genre de geste, pour le glissé d'enveloppe, j'ai encore pensé, indécrottable. Dans l'intervalle, il s'est lancé, en apnée. Tu as compris, Clément, qu'on devait tirer toutes les conséquences de ces derniers mois, surtout de ces dernières semaines, ne faisons pas ici l'inventaire de tes erreurs, disons que tu n'es plus avec nous depuis un moment, *de facto* tu seras amené à ne plus faire partie du dispositif, les conditions qui te sont proposées ne sont pas accordées à tout le monde, elles sont calculées conformément aux valeurs du Groupe, bienveillance et agilité, tu peux profiter de ton congé dès aujourd'hui, *a contrario* tu mettrais tout le monde mal à l'aise mais tu es libre, tu es chez toi, un badge visiteur sera là pour toi aussi longtemps que nécessaire, l'essentiel étant que tu ne t'adresses plus à aucun journaliste, de Bloomberg ou d'ailleurs, personne ne souhaite engager de poursuites, si tout est clair, Magda va nous apporter le parapheur.

Non, ce n'est pas du français, Papa. Ce n'est pas de l'autisme non plus. C'est toujours ce moyen d'expression inventé pour la survie de l'espèce en milieu sous-oxygéné qui s'apprend après le bac. C'est cher, oui.

Après ? Après dans l'ordre, j'ai cherché Oliver qui s'était caché, j'ai roulé une pelle à Sybille qui a été surprise mais gentille.

Je suis sorti de là comme un détail d'un poster, sans faire de vide je pense.

J'ai atterri sur la dalle de la Défense tel un banquier volant de 29, en plus gracieux, mieux réceptionné. Je suis passé au Castorama 4 Temps, sans masque m'a-t-on fait remarquer, sans arme non plus mais ça, personne n'a vérifié. J'ai acheté toutes ces merdes que tu vois dans l'entrée. On a les moyens, Papa à ne plus savoir qu'en foutre. Je te laisse regarder la proposition dans l'enveloppe, c'est à mourir de rire.

Je suis passé chez le vétérinaire, qui devait m'expliquer le protocole et puisque jusqu'aux portes de l'enfer nous aurons le choix, il m'a exposé les options. Au cabinet ou chez nous. J'ai dit chez nous comme ça c'est plus près pour toi.

Si je commençais un journal, un vrai, à la main et pas qu'à la gueule, j'écrirais aujourd'hui je tue mon animal, ma mère pense que c'est bien.

Cesse de pleurer, Laure, sur ta famille suicidée. Elle est foutue depuis longtemps et tu ne la regrettes déjà plus, tu veux juste y retourner, à l'autre con comme à la guerre, encore et encore. Je t'entends psalmodier ton texte mal écrit, égoïste et crétin – ça va marcher, on sera heureux, ça ira – jusqu'à épuisement des batteries. Tu es à la femme ce qu'une poupée parlante est à l'entreprise Duracell, un jouet raté, à l'amour ce que le perdant est aux salles de jeu, un meuble. Plus tu perds, plus tu restes, sûre de gagner à la fin, à l'usure. Je t'entends inventer la suite de tes histoires de cul, cette fois en bord de mer ou aux Amériques. Laure à la Réunion, Laure à New York, Laure chez sa belle-mère. Tu te vois déjà à nouveau enceinte, à peine recousue sitôt remplie, un vrai moule à cake. Mais fous-moi ça dehors, tout, toute la fable, sa queue dans ta bouche, poubelle. Si c'est pas ton cinéma qui trinque, c'est toi.

Cette voix menée à ses limites, tu ne sais même plus à qui elle appartient mais c'est toi qui l'écoutes. Bientôt couverte par celle d'Anna, dont la douceur te pardonne :

– Maman qu'est-ce que tu fais avec des ciseaux ?

– Une poupée, ma chérie.

Dans un morceau de carton, arraché au couvercle d'une boîte de chaussures, tu as découpé une liminaire forme humaine. Tête, bras, jambes. Tu emmaillotes à présent chaque membre d'un fil de laine, cent fois repassé sur lui-même, et bientôt apparaît l'épaisseur d'un corps minuscule.

– Une poupée pour qui ? demande Anna.

Une poupée pour toi. Dernière forme où loger ton secret. Et puisque tu ne veux plus porter des douleurs sans prénom, tu en as écrit un à l'encre bleue sous la laine, à l'endroit du cœur.

– Pourquoi tu fais ça ?

– Pour jouer.

Pour l'enterrer avec ce qui doit finir. Pour tenir le coup. Car les cycles se terminent, toujours, mourir est une routine et la naissance revient, toujours.

Tu parles d'un cycle, Laure, c'est toujours la même putain de roue bloquée et toi dedans, avec rien à faire, un peu à bouffer, l'équivalent du rat et encore. Le rat a l'instinct minimum de faire repartir la roue, donnant au public l'illusion d'un équilibre, même précaire, reprend la voix grinçante de ton tribunal intérieur. Mais c'est bientôt terminé.

Tu sors sur la terrasse. Anna te suit dans le jardin. Tu creuses la terre froide et tu enterres la forme au pied du petit sapin, celui que vous déterrez à chaque Noël pour le replanter après les fêtes, le 6 janvier. Il va pleuvoir et la terre détrempée l'absorbera. Tu refermes le sol en le caressant comme si c'était toi. À nouveau Anna demande, plus inquiète, de quoi s'agit-il. Tu penses pouvoir avouer.

– De magie.

Les femmes n'ont parfois que la magie pour tenir, tu verras. Anna te quitte pour d'autres jeux, tu penses qu'elle va bien. Vous lui avez parlé avant-hier du divorce, des deux maisons. Elle a dit, alors c'est terminé les cris et Anton a dit oui.

Tu restes un instant les genoux enfoncés dans l'herbe dure. Tu veux désormais te soumettre à une vie tellurique, élémentaire, naturelle. Tu veux partir.

Bientôt dans l'allée tu démarres la Fiat le plus doucement possible. Sur le siège passager, un sac de peu. Tu n'as besoin de rien, et c'est facile. Deux forces te projettent, que tu connais par cœur. La mue et l'orgueil. Cet orgueil granitique qui de loin ressemble à l'humilité.

Quai de l'Horloge, au 17, tu montes au troisième, légère, et presque vide. Il te semble qu'emporter le poids de ton propre corps n'a jamais été aussi simple. Encore un étage et Clément calmera tes chairs nouées, ta peau ulcérée par le silence. Cette toux réflexe qui t'agite depuis des semaines passera dans une minute, quand tes poumons séchés par la tristesse reprendront leur taille autour de la joie. Marche après marche, tu énumères tes organes, tes fonctions bientôt guéris. Tu ne penses qu'à toi. Tu sonnes.

Le pas de Clément, ta respiration suspendue, le son de sa clé, la porte ouverte, lui dans l'espace, constatant surpris tes restes de femme.

– Laure ?

Tu le reconnais à peine. Il a encore maigri, ses traits comme effacés, tous reliefs entraînés dans la fuite des chairs. Ce quelque chose de brumeux qui l'habitait, l'envahit, le remplace. Il était beau, il est flou ou c'est encore ta tête qui tourne. Il ne dit rien. Tu voudrais entrer pour l'étreindre, refermer la porte derrière toi et commencer à vous soigner. Tu penses qu'il s'agit simplement d'entrer et qu'ensuite tu sauras quoi faire. Tu penses qu'à l'instant, brusquer c'est ton rôle. Au début de tous les progrès les femmes forcent la vie, les hommes, la joie, les États, c'est comme ça, c'est normal. Tout finira par obéir.

Mais il dit non, Laure, rentre chez toi.

Il parle puis referme la porte. Te voici seule, avec des mots qui commencent à te ronger pour longtemps.

Tu devrais fendre la porte à coups de poing. C'est ça forcer, ni plus ni moins. Mais tu recules.

Tu descends les marches si lentement que tu pourrais t'arrêter. En bas tu retrouves la Seine qui s'en cogne, tu n'as pas d'itinéraire. Tu traînes devant le Palais de justice. Dans la poussière froide de la place Dauphine, les jeans blanchis jusqu'à la taille, des enfants jouent au ballon, comme seuls jouent les enfants et les bêtes. Frénétiques, abîmés dans la balle, la conduisant jusque sur la route, tant qu'elle roule.

Tu crèves de froid.

22 décembre, 14:12, TC 38,3°, FR 15/min, FC 65/min, TA 12

Tu as tout entendu Papa. J'ai dit Laure adieu, passons à autre chose, je fus odieux, définitif, l'assurance feinte d'une merde debout, la dernière pose tenable. Ce sera plus facile d'être un assassin dans une demi-heure, on ne s'enfonce pas d'un coup comme ça, dans le crime, tête la première dans le four, il faut des paliers. Tu l'aimais bien, je sais. Pas elle. Papa, j'ai peur, je pense qu'il me faudra du courage, un concept que je n'ai pas mobilisé depuis quasi deux mille ans. L'étudiante a tout entendu aussi. Son regard écœuré ne m'apprend plus rien qu'elle ne m'ait déjà dit. Elle me méprise et c'est encore plus d'attention que je n'en mérite. Elle commence à me gonfler, d'ailleurs je l'ai payée pour m'assister, éventuellement pour témoigner de je ne sais pas encore quoi, pas pour me juger. Merci toutefois de s'être sapée pour la circonstance, lui dis-je, même si la minijupe sur des jambes blafardes, courtes et en X, reste assez vivement déconseillée. Elle répond tant mieux, l'idée que je puisse la trouver consommable la réveille la nuit en gémissant. Petite conne. Je ne m'étais jamais à ce point trompé sur quelqu'un. Ça sonne encore, me dit-elle, à la porte. Vous vous en foutez ?

Non. J'ai entendu. Mais je réfléchis.

Tu le reconnais Papa, c'est le vétérinaire. Le monsieur qui ne peut pas grand-chose pour ta survie mais beaucoup pour ta douleur. Il veut savoir si j'ai confirmé le rendez-vous avec l'entreprise privée de crémation, dès lors que j'ai refusé qu'on t'emmène à la crémation commune, brûler en tas avec toutes les races et même des furets. Je dis oui. J'ai pris en effet le service le plus cher avec respect garanti de la dépouille, inflammation individuelle avec sarments de plantes aromatiques. Tu seras traité comme un riche Hindou sur le Gange, le Gange en moins, une housse en écomatière inflammable pour sari. Le vétérinaire a imprimé l'étiquette avec ton nom, le mien, la date, et puis une suite de chiffres suivis de quelques capitales qui doivent bien signifier quelque chose. Il la colle sur le sac. Il va à présent, nous prévient-il doucement à la façon d'un pédiatre, te placer un cathéter sur l'avant-bras. On dit comme ça, l'avant-bras, comme pour nous, ne le prends pas mal. Il demande si j'ai une serviette, si tu dois absolument rester sur le canapé. Il est probable que ton corps se vide, qu'il tressaille au point de tomber. Il dit qu'il est recommandé que tu reposes dès maintenant sur le sac qu'on pourrait dès à présent dérouler sur le tapis, tu y seras mieux, notamment pour le transport. Et puis ma fille, continue le docteur, pourrait aider à te maintenir, si elle peut, si elle veut. Il parle de Cécile, c'est drôle. Je lui explique, il s'excuse, il a pensé que. Évidemment. C'est une fille, elle est là, et visiblement me hait. On pourrait tout à fait être, elle et moi, l'adulte et l'enfant liés à mort.

Le docteur ouvre une petite mallette pour y prélever délicatement une fiole marron. Ne regarde pas, je sais de quoi il s'agit. Barbituriques liquides, très vieux truc, marge de sécurité faible, mort assurée, éprouvé sur les amoureuses, les chevaux et les prisonniers. Il faut compter un millilitre par kilogramme pour la plus brève des agonies. Sachant que tu pèses aujourd'hui cinquante-neuf kilos et que la fiole fait soixante-quinze millilitres, ne t'en fais pas, tout ira bien. Le vétérinaire masque le cathéter avec un petit bandage, que ce soit joli je suppose, je vais vomir Papa, sors-nous de là. Je ne sais pas quoi dire, quoi faire sinon chercher contre ta fourrure encore tiède un repos que je ne mériterai plus dans dix minutes. Le vétérinaire me laisse le temps de te câliner, c'est un brave homme. Il m'apprend que je ne pourrai pas te fermer les yeux. C'est mécanique, c'est impossible, ce sont les muscles. Il faudra supporter. Je vais vomir. Ou le buter. Je vais hurler. D'ailleurs ce feulement pas franc, pas net ce n'est pas toi, c'est moi. Et l'étudiante qui me regarde toujours à tel point de dégoût que je dis quoi à la fin, tu veux dire ce que t'en penses, on s'en fout mais dis-le, que ça sorte.

– C'est pas lui qu'encombre, dit-elle, c'est vous.

Le vétérinaire ne l'a jamais entendue celle-là, ça se lit dans le regard idiot qu'il déplace de moi à la gosse, de plus en plus vite, la seringue en l'air. La jeune se lève d'un bond débile et adolescent. J'essaie, va savoir pourquoi de la retenir. Ce faisant j'effleure ce début de jupe en cuir qu'elle porte au ras du cul.

Et je recommence pour être sûr de ce que je pense. J'empoigne la jupe à la déchirer. Le vétérinaire voudrait clairement être ailleurs. Cécile voudrait se dégager, elle braille, et moi je veux encore palper cette putain de jupe. Seigneur vous ne m'avez pas fait ça.

À quel moment on comprend ces trucs-là. Comment les éléments s'associent pour composer l'évidence et vous l'envoyer en pleine face, graduellement.

Dans l'ordre, c'est d'abord la peau. Le grain de la jupe en cuir parce que je l'ai déjà touchée et même je l'ai déjà enlevée. Après c'est l'odeur, l'odeur des cheveux de cette fille. Un parfum de feu de bois et de lessive auquel même toi, tu étais habitué. Tu n'avais pas aboyé la première fois parce que tu connaissais, l'odeur était déjà venue chez nous. Après c'est la vue. L'enfant sur les photos du Frigidaire, son expression indescriptible sur le papier Kodak, qui d'un coup le devient. Cet air frimeur et mendiant, de gosse coincé entre la faim et l'insolence dont il reste un éclat presque éteint tout au fond des yeux de Laure.

Ce n'est pas une étudiante mais une lycéenne. Ce n'est pas moi qui l'ai trouvée, c'est elle. Ce n'est pas Cécile, c'est Véra, et ce n'est pas n'importe qui. C'est un procès.

Je vous raccompagne dis-je au véto qui n'attendait que ça. Il plie les gaules en trente secondes, m'assurant qu'on ne payera que la visite, il faudra simplement jeter la housse, elle ne peut pas resservir une fois déballée et adieu les tarés.

À nous deux mademoiselle, que disiez-vous.
– Je disais, c'est toi qui es en trop.

Silence Papa, ce n'est plus le moment. Pardonnez à mon chien jeune fille, il aboie pour m'avertir d'un danger, mieux vaut tard que jamais. C'est un chien malade, il a des ratés. Venez plus près, je n'ai jamais vu ça, ça m'intéresse. La rage en si gros plan on ne la voit jamais, même au 20 heures. Sûrement en peinture mais la peinture m'emmerde. Plus près encore s'il vous plaît, vous crevez d'envie de m'éclater quelque chose, les dents ou l'arcade sourcilière, je le sens, j'ai l'habitude de ces vents acides. Ils entraient parfois dans ma chambre quand j'étais gosse. M'écraser, faites-vous confiance, vous pouvez y parvenir, ça n'a rien à voir avec les muscles. La force qui se ressource dans l'illusion d'avoir raison est colossale. Voilà, plus près. Avancez tandis que j'apprécie la ressemblance avec votre mère, c'est stupéfiant. À force de me regarder le nombril de mon chien, j'étais devenu aveugle. Avancez encore. J'aurai bientôt le dos au mur, vous serez plus à l'aise pour m'exploser la tronche, encore un mètre. Faites attention, ne vous prenez pas les pieds dans le tapis, ne marchez pas sur la seringue que le vétérinaire a oubliée dans la précipitation, trop content de rentrer pour une fois les mains propres et sans avoir tué personne. Ou alors ramassez-la, puisque j'encombre. Non ? Bon. Observe-la Papa, remarque sa fierté, son incertitude, sa trouille tandis que je me tais. Pour le moment ça ressemble à ça, à rien, mais ça trouvera des chefs, des méthodes. Observe, d'autres viendront qu'il s'agira de reconnaître pour les laisser passer. Il faudra libérer la route et cesser d'aboyer comme un con. On dit que des armées gonflaient depuis des siècles sous les jupes des mères humiliées et qu'on n'a rien vu, qu'on regardait ailleurs, qu'on regardait les culs. C'est quoi ça ? Du jus. Elle vise bien quand elle crache, je viens de prendre un mollard dans l'œil, ça promet. Osez mon ange, frappez, je ne le prendrai pas pour moi, je sais qui vous êtes. Une fureur générale.

Votre bouche énumère quelque chose, je vois bien. Vous criez, semble-t-il. Criez, je n'entends pas, je n'écoute pas. Je connais bien mes droits. Je n'ai pas à comprendre, pas à savoir, pas à répondre au téléphone, ce sont les droits universels de l'enfant.

Approchez. De près, c'est évident. Vous ne criez pas, vous pleurez. Pourquoi ? C'est dommage, c'est votre heure, soldat. Allez, du cran, on achève bien les chiens. Avancez. Derrière moi c'est le mur, encore un pas en arrière et je serai foutu. Voilà.

Seigneur. Bien envoyé, vous avez des poings de lutteur de foire dans vos mitaines roussies d'écolière qui fume des vraies clopes. Mon crâne résonne, je vois trente-six chandelles et vous dessous, votre air plus perdue qu'autre chose, mais de moins en moins. Vous prenez chaque seconde une figure plus certaine. Je tourne, je tombe, permettez que je m'effondre en vrai boum. Remarquez, ce n'est pas la première fois que le tapis me recevra dans cet état, les pattes arrière ramassées sous la gorge. Je me sens déjà mieux. Trop. Ne restez pas ainsi assise sur mes hanches, venez me sauter sur le thorax, ce sera radical. Tiens une morsure. C'est un peu timide comme enchaînement, faites mieux, je ne sens rien. Par exemple, oui arrachez-moi les cheveux comme ceci, très bien. Ah. Vous m'arrachez la chemise également pourquoi pas, j'imaginais une suite de gnons mais je suppose que vous pensez à des sévices plus chirurgicaux, songez-vous à m'arracher la peau feuille à feuille, après tout on le mérite. Alors ? Ne me regardez pas ainsi dans les yeux, j'ai une tête de chaton qui pourrait à tort vous émouvoir. Fourrer vos doigts dans ma bouche ne m'empêchera pas de penser que vous faiblissez et vos doigts puent le tabac. Attention votre haine ressemble de plus en plus à son contraire, du moins à son cousin, le désir et vous allez vous planter. Le désir ne mène nulle part, sinon à la détresse, à s'humilier. Revenez à vos pulsions d'orpheline, frappez bordel. Je suis votre père inconnu, je suis l'obus qui vient d'écraser votre impression de famille comme une blatte, je suis le système, je suis l'ennemi, pétez-moi la gueule mais je vous interdis de me caresser, d'écraser ainsi vos trop petits seins dans mes paumes impuissantes. Réveillez-vous, ce n'est plus vos dents que j'endure ce sont vos lèvres et vos mains pas soignées sur mes cuisses, votre poids ouvert sur mon sexe anorexique, c'est une autre violence, qui porte un autre nom. C'est un viol mon général, vous irez loin dans l'armée.

Voici deux ans presque jour pour jour, tu parlais à Clément sur un palier et pour la dernière fois. La séparation d'avec Anton fut ce qu'est la rupture de deux corps épuisés, incertains de s'être aimés, l'un à l'autre devenus allergiques. Rapide, presque sans paroles. Les partages – garde, frais, meubles, livres et comptes – furent pacifiques, Anton plus élégant qu'envisagé. Il fut décidé qu'Anna viendrait une semaine sur deux, dans l'appartement que tu n'eus pas à chercher. Une amie de Gabrielle louait à Paris un trois-pièces rue de Crimée. Il était libre et toi aussi. Véra y vécut à peine un mois, veillant comme jamais à l'harmonie de vos liens. Elle ne te reprochait plus rien, ni tes limites, ni ta peine. Elle parlait peu, sortait peu, dormait beaucoup. Elle obtint de ta faiblesse de pouvoir passer le baccalauréat à distance, en Allemagne. Elle avait trouvé un travail à Berlin, elle voulait apprendre la langue. Une famille germano-française allait employer chez elle de supposés talents de fille au pair. Bien sûr, tu doutas de cet employeur providentiel, mais sans former trop d'inquiétude. Tu avais désappris à faire vraiment la différence entre ce qui existe et ce qu'on invente. En vérité, pourquoi l'allemand, pourquoi Berlin, tu l'ignores encore. Peut-être un homme, peut-être pour rien, pour partir. Tu partais bien, toi. Elle prit l'avion un mardi matin. Tu demeuras une heure dans le parking de l'aéroport avant de parvenir à rentrer.

Ce fut la solitude. Il était tard dans ta vie pour la connaître. Tu occupas le vide par le vide. Tu attendis Clément.

Tu appris ce qu'est la souffrance d'attendre un amour, jusqu'à savoir le dire en une phrase, en une fois. C'est regarder jusqu'à la brûlure quelque chose d'invisible ne jamais prendre forme.

Au début tu t'obligeais à croire à son retour. Sans espérer, mais tu croyais. Disons par convention. Pour éviter le plus longtemps possible l'état végétal de femme à l'abandon, tu t'efforçais d'adopter la pose encore un peu verticale de femme qui guette. Sa messagerie fut d'abord saturée, plus tard son numéro de téléphone sans attribution. Au début, il t'arrivait d'aller l'attendre devant chez lui. Tu repartais sans l'avoir vu, tu repassais la Seine. Un jour tu as sonné. Un enfant t'a ouvert, sa mère est apparue dans l'entrée. Elle venait d'emménager, ne savait rien du précédent locataire, ni de sa nouvelle adresse. Elle a refermé rapidement la porte sur ta face que tu savais blanche mais pas à ce point inquiétante. Tu l'as entendue inviter l'enfant à ne pas ouvrir dès qu'il entendait sonner car il fallait toujours se méfier. La preuve.

Au début tu pleurais tous les jours, tu n'habitais plus rien d'autre qu'un délire, une histoire. La vie t'apparaissait pour ce qu'elle était désormais. Simple délai entre la passion et la vieillesse.

Il s'agissait d'une vie souterraine. Au-dessus, dans la ville dehors, à l'université, une volonté implacable et sans nom, continuait la Laure d'avant, exécutant sa personnalité avec une rigueur pathologique. Tu n'as jamais cessé de faire cours, de parler et même de rire, de servir tes filles à table, d'accompagner une semaine sur deux Anna à l'école. Tu as adopté un chat pour Anna, un autre pour toi. Tu as tapissé ta chambre toi-même et sans ratures, d'un papier excessivement bleu.

Et puis après cinq mois passés du côté de l'amour qui parle tout seul, tu as cessé de lui écrire les lettres que tu n'envoyais pas, faute d'adresse. Un an plus tard, il t'arrivait de temps à autre de chercher dans ton ventre, dans ta gorge, l'amorce du cri qui disait son prénom. Tu te caressais la nuit en appelant Clément. Et puis de toute ta chair, de toute ta tête, tu as comme décidé – mais ce n'était pas décider, c'était plutôt obéir –, tu as décidé d'essayer. Tu n'as plus rien dit, plus rien fait pour associer une quelconque émotion, joie, regret ou douleur, au souvenir de cet homme.

Tu as vécu d'abord sans pleurer, et puis sans te toucher. Tu as appris à vivre en retrait de ta chair, de tes nerfs. Comme si du feu qui t'avait tenue urgente un an, incandescente, tu voulais sortir froide. Tu as obéi davantage et tu as terminé de changer. Tu es devenue la femme d'après. Tu as jeté quelques vêtements, et repeint en blanc le bleu malade de ta chambre.

Tu as commencé une expérience plus fervente que la passion. L'oubli.

Ton regard s'est habitué à tous les paysages qu'il n'habitait pas. Sa voix que tu entendais avec les poumons, avec le sang, qui t'aurait tirée du coma, tu ne l'entendais plus en rêve. Tu t'étonnes aujourd'hui d'être cette femme sans trace et presque sans écho, de sonner creux quand tu entends ensemble les mots amour et fou. Tu t'étonnes parfois de chercher au détour d'une rue d'où tu peux bien connaître, tel hôtel, tel endroit où pourtant, sûrement, lui as-tu appartenu jusqu'à l'abandon. Tu as oublié entièrement. Il te faudra attendre la vraie vieillesse, celle de la langue en morceaux et du corps débile, pour dire à un enfant par exemple, un jeune homme que tu prendras pour un autre : bonjour Clément, tu ne m'as pas téléphoné hier, tu avais promis, regarde on m'a fait cette coiffure que tu aimes, où étais-tu. Et Anna demandera à cet enfant, à ce jeune homme, de pardonner à ton âge. Ma mère, dira-t-elle, aura connu un Clément, à l'époque.

Aujourd'hui est un dimanche après-midi, deux ans après les jours que tu ne pensais pas franchir vivante et tu ne sais plus pourquoi. Tu espères un nouvel amour mais calmement. Tu penses qu'on attend bien les saisons.

Aujourd'hui Véra vit encore à Berlin. Elle est venue te voir une fois en deux ans, tu es allée deux fois en Allemagne avec Anna. Elle semblait plus heureuse, t'avait présenté quelques amies plus âgées qu'elle dans le minuscule studio qu'elle habitait sur la Simon-Dach-Straße. Elle enseignait un peu le français dans un collège, elle quittera l'Allemagne à la fin de l'année, pour un pays plus au nord, à définir. Elle semble savoir ce qu'elle cherche mais n'en dit jamais rien. Elle sera décidément toujours ton contraire.

Aujourd'hui Anna a dormi tard alors vous n'avez fait qu'un seul repas. Des crêpes, des fruits, du thé, assises en tailleur autour de la table basse, Anna te confiant un rêve du matin où elle conduisait une voiture. Tu t'es surprise à être heureuse pour rien. Anton vient d'appeler, prévenant qu'il sera en avance, pressé, mal garé, il montera rapidement déposer le carton dont il avait parlé. Le déménagement a lieu lundi, il espère que tu t'en souviens, les acheteurs emménageront avant Noël. Tu t'en souviens. Tu pourrais espérer que personne jamais n'arrache de la terre le petit sapin aux racines duquel gisent tes douleurs miniatures, à l'échelle 1/2. Mais tu as presque oublié la poupée en laine. Tu appelles Anna dans sa chambre, qu'elle se prépare.

Anton ne veut pas de café, il est immanquablement garé sur une livraison, il va se faire aligner. Sur la table basse encore encombrée de couverts, il pose une boîte en carton marquée à ton nom et presse Anna qui t'enlace, au motif qu'elle a eu huit jours pour embrasser sa mère. Tu dis qu'elle n'a pas terminé ses devoirs, il reste les maths, tu dis que tu passeras visiter la nouvelle maison, que.

C'est tout.

Tu voudrais ajouter autre chose de plus doux qui ne vient pas. Anton t'adresse ce bref regard qu'il a désormais pour toi, rassemblant dans le même axe un début d'impatience et un reste d'amour. Sa fille devant lui, il quitte bientôt ton appartement après un commentaire sur la proximité du vis-à-vis, l'absence de rideaux, les pas des voisins à l'étage. Paris, c'est décidément dit-il, une vie de poulet en batterie. Tu les accompagnes dans l'escalier car tu n'as pas pris ton courrier. Anton remarque l'état défraîchi des communs, l'absence d'ascenseur, espérant que tes charges locatives soient par conséquent minimes. Il pourra étudier tes quittances, si tu veux. C'est sa façon de ne pas te quitter, pas complètement, tu le sais. Tu les embrasses encore.

Dans la boîte aux lettres, des annonces immobilières et une enveloppe épaisse à ton nom, oblitérée dans le Loir-et-Cher. Tu ne connais personne dans le Loir-et-Cher. À l'intérieur une seconde enveloppe beaucoup plus ancienne, déchirée puis refermée, scellée avec du Scotch. Tu entrouvres la porte, penchée sur les marches, tu peux voir Anton et Anna disparaître à l'angle de la rue de Crimée et de l'entrée du parc. Il ne fait pas froid.

Dehors un certain vert, un certain vent.

Paris, 22 décembre, 18h30.

Maman,

Je vous vois tenir ces feuilles entre vos mains bonnes à rien qu'à éteindre les cierges et tirer vos bas, depuis que personne ne tend l'autre joue. Vous êtes déjà agacée. Oui maman, et merde, un torchon écrit en pattes de mouches qui vous fera chercher vos lunettes pendant deux heures. Vous les avez autour du cou. Bien sûr, eu égard à vos yeux flingués, j'ai hésité à vous écrire un mail en corps 16. En admettant que vous ayez su allumer votre tablette, voyant mon prénom fatiguant figurant parmi les annonces de vendeurs de portails électriques, vous auriez préféré commander un portail, nous le savons. Mais venons à l'objet.

En supposant que vous soyez mortelle, je refuse que vous soyez enterrée avec le doute, pas sûre d'avoir réussi votre coup. Triomphez madame, vous ne m'avez pas loupé, je ne tiens pas debout. J'ai essayé, ça ne marche plus. Quelque chose d'essentiel aura lâché du temps où vous cherchiez à viser les rotules. À genoux et à quatre pattes, bien sûr ça va mieux mais ça pose d'autres problèmes, toujours les mêmes. Regard des autres, regard des hommes qui voient en vous un démenti de la race dominante, ça les énerve, ça les affole, regard des femmes qui veulent vous redresser, vous engendrer une deuxième fois, certaines de faire mieux que la couveuse initiale. Quant au regard de la jeunesse, sauvage et sans pitié, il m'a récemment convaincu : je ne peux pas continuer. Surtout sans Papa qui m'apprenait à durer parmi les chiens. Il me lâche lui aussi, comme vous savez. Figurez-vous que j'allais encore vous obéir et l'empoisonner. On m'a ouvert les yeux. Avec ce savant dosage de lâcheté et d'aveuglement qui me tient lieu de personnalité, j'organisais au prétexte de libérer papa, les conditions de ma propre disparition sans avoir les couilles de l'admettre. Sa disparition ! exhalez-vous votre Kirsch si jamais c'est l'heure du goûter. Oui et cette fois c'est la bonne.

Quand où vous me lirez, je serai raide. Bouclé depuis quelques heures dans la housse d'incinération prévue pour le chien, bon à cuire. J'aurai appelé les services d'incinération animale afin de confirmer l'enlèvement. Ils seront prévenus : la porte sera ouverte et la dépouille prête à être emportée, dûment collés dessus les papiers tamponnés du vétérinaire. En revanche, je serai sorti, préférant ne pas assister à l'enlèvement, aurais-je précisé, prétextant l'émotion. Papa et moi faisons à ce jour le même poids, c'est bien la preuve que quelque part, j'ai fait exprès. Ces braves gens n'y verront que du feu, oh que c'est drôle. Une fois passé ce polisson coup de fil, j'aurais été me caler dans mon sac en cellulose inflammable et j'aurai fermé la glissière, de l'intérieur. Imaginez-vous un K-Way ou un sac de couchage qui serait mon linceul, c'est l'idée générale. J'aurai avalé le flacon de bovaryte destiné à Papa, voie orale ou intramusculaire, l'effet paraît-il est le même. Comment et pourquoi je possède cette merde létale, on s'en fout, le vétérinaire l'a oubliée sur le tapis, c'est long à expliquer. Craignant qu'il ne compte ses fioles en rentrant et fasse demi-tour avant que j'en eusse terminé avec moi, avec vous, je l'ai l'appelé tout à l'heure. Lui dire que j'avais foutu le liquide aux toilettes et le flacon aux recyclables. Il a gueulé, rapport au protocole et tout, mais il se sentait suffisamment con pour ne pas insister. Bref, je suis mort et Papa finira autrement, peut-être libre et bourré sur l'autoroute, c'est de famille.

Vous me faites pleurer maman. C'est d'écrire à la main, de parler de choses graves avec des mots qui, d'être les derniers, prennent de grands airs.

Si vous passez au centre de crémation des Yvelines vous pourrez toujours récupérer les cendres pour booster les rosiers. Pensez à donner le matricule 78854, qu'on ne vous refourgue pas la suie d'une autre charogne.

Si Laure, vous savez « cette femme », me cherche, vous téléphone, dites que c'est un faux numéro. Elle ne mérite pas ça et j'aime assez l'idée qu'elle me garde en vie. Elle me pardonnera un jour, quand elle aura compris. Je n'avais pas en moi ce qu'elle exigeait d'y trouver. Quant à Papa, nourrissez-le et foutez-lui la paix. Je ne me serai jamais autant amusé qu'aujourd'hui.

Bien à vous, tant pis,
Clément.

Cet ouvrage a été imprimé en France par
CPI Brodard & Taupin
Avenue Rhin et Danube
72200 La Flèche (France)

pour le compte des Éditions Fayard
en septembre 2021

Photocomposition Belle Page

PAPIER À BASE DE FIBRES CERTIFIÉES

Fayard s'engage pour l'environnement en réduisant l'empreinte carbone de ses livres. Celle de cet exemplaire est de :
1,4 kg éq. CO_2
Rendez-vous sur www.fayard-durable.fr

Dépôt légal : août 2021
N° d'édition : 61-8016-6/07 - N° d'impression : 3045443